생활시인의 자연시

자연은
신이 쓴 위대한 책이다
- W.하비

- 작가가 고향에서 촬영한 호랑나비와 다알리아꽃 사진입니다.

생활시인의 자연시

초판1쇄 인쇄 | 2017년 7월 15일
초판1쇄 발행 | 2017년 7월 15일
ISBN | 978-89-6706-325-2 03810
펴낸곳 | 도서출판 그림책
주 소 | 경기도 수원시 영통구 이의동 웰빙타운로 70
전 화 | 070-4105-8439
E - mail | khbang21@naver.com
지은이 | 은민 유승열
제작 및 편집 | 도서출판 그림책
표지디자인 | 토마토

생활시인의 자연시

자연은
신이 쓴 위대한 책이다
- W.하비

- 작가가 고향에서 촬영한 호랑나비와 다알리아꽃 사진입니다.

생활시인의 자연시 - 책을 펴내며

'생활시인의 생활시'를 출판하도록
음으로 양으로 도와주신 분들께
고맙고, 감사한 마음을
먼저 아룁니다.

첫번째 '생활시'를 출판할 때
고향 친구들의 많은 도움과
고마우신 은인 분들의 은혜로
두 번 째 책을 낼 수 있도록
귀한 밑천을 마련케 해 주셔서
감사하고 감사합니다!!

부모님과 아픈 작은 형님을
보살펴 드리려고 남사에 귀향해서
10년간 써 놓은 글 7천여 편 중에
이번에는 '자연시'로 인사 드림을
무한한 영광과 기쁨으로 생각합니다.
덕분입니다!!

'생활시'를 읽어보신 채영숙님이
'자연시'를 서둘러 출판하라고
20만원을 송금하고 응원하셔서
더 빨리 인사드리게 됐사오니

모쪼록
'생활시인의 자연시'를

애독해 주시고 소개해 주셔서
1권, 2권 '추가구매신청'으로
응원과 격려를 이어주시고
제 작은 책 '생활시인의 자연시'를
읽고 음미하심으로 인해서
더 행복해지시길 기원드립니다.

농협 유승열
235051 - 56 - 097881로
입금해 주시고
010 - 4058 - 7935로
책을 받으실 주소를 알려 주시면
이번부터는 전담자가 책임지는
체계있는 방법으로 보내드릴
것입니다.

생활시인의 "생활시"와
유준희 시인의 "오늘"도
주문해 주시면 감사하겠습니다.

2017년 6월 23일 초여름
은혜로 사는 사람 은민 유승열 드림.

생활시인의 자연시

생활시인의 자연시

- 작가가 고향에서 촬영한 호랑나비와 다알리아꽃 사진입니다.

참 좋은 봄날

참 좋은 봄날이다

이 좋은 날
나이 먹어 가는 게
참 행복하다

- 2017년 4월 27일
봄날 저녁 회사에서

뉴파워프라즈마(주)
정문 밖 괭이풀꽃.

오성면 강변도로를 달리며

라면을 먹었어도
유채 꽃길을 걷는 사람이 부자다

작은 차를 타도
벚꽃 도로를 달리는 이가 갑부다

쥐똥나무 푸르른
평택 오성 강변도로를 달린다

노오란 유채꽃 하늘거리고
수양버들 멋들어지게 춤 추는데

용인 남사 문현철 친구가 키운
백옥 오이를 베어 물며 간다

조수석에서 삶의 진수를 누리고
변두루리에서 삶의 주인이 된다

수처위주(수처작주) 입처개진
주인의식으로 사는 곳이 낙원이다

- 2017년 4월 19일 봄햇살 좋은 날
(옛)영인전자 이우영 사장님과 함께
탕정 삼성전자 다녀오는 길에, 은민.

참 아름다운 봄날이다

논두렁엔
흰옷 입은 할머니가 나물 캐고

산자락에서는
분홍 색씨 곱게 앉아 있구나

진달래 자태 곱고
조팝나무 꽃 예쁜 봄날

냇가의 연두색 갯버들과
진분홍 복사꽃을 감상한다

참 아름다운 세상이다
참 아름다운 봄날이다

- 2017년 4월 19일 오후
봄햇살 눈부실 때,
(전)영인전자 이우영 사장님과
삼성전자 다녀가는 길에, 은민.

도시 락(樂)을 먹고서

5월의 풀향 싱그럽고
밝은 햇살 아름다울 때

전주 출장을 마치고
귀사하는 상행길

오후 2시
고속도로 정안 휴게소

시원한 그늘 벤치에
도시락을 펼쳤다

내가 직접 지은 밥에
계란 후라이 2개

참기름 넣은 간장에 비벼서
참 맛나게 먹었다

죽어도 여한이 없도록
정말 맛있게 먹었다

많은 사람들이
내 심정을 알지 못할 것이다

감탄하며 먹는 내 입맛을

그 누가 다 알아 줄까

천국은 만족에 있고
낙원은 감탄에 있다

- 2017년 5월 18일 오후
5월의 풍향 싱그러울 때
호남고속도로 정안휴게소에서
도시 락(樂)을 먹고서,
김진호 계장님과 귀사하면서.

사랑의 눈 1

사랑의 눈으로 보면
사랑이 보입니다

우동 그릇 속의 유부도
하트 모양입니다

- 2017년 5월 20일(토) 새벽
은민 유승열 드림 Dream.
꿈은 이루어 집니다.

사랑의 눈 2

사랑의 눈으로 보면
사랑이 보입니다

사람의 각진 ㅁ는
사랑의 원만한 ㅇ으로
완성됩니다

사람은
사랑으로 완성됩니다

계란후라이 사진을
180도 돌리니까
하트 모양이 되네요

사랑이 부족하면
노력을 하세요

노력하면
사랑을 찾아내어
발휘할 수 있습니다

사랑의 맘으로 하면
사랑할 수 있습니다

- 2017년 5월 20일(토) 아침
은민 유승열 드림 Dream.

사랑의 눈 3

사랑의 눈으로 보면
사랑이 보입니다

연못 얼음 속의 공기방울도
하트 모양입니다

얼음도 공기방울과
사랑하고 싶은가 봅니다

사랑의 마음으로 보면
사랑할 수 있습니다

- 2017년 5월 20일 봄날
은민 유승열 드림 Dream.
사랑의 꿈은 이루어 집니다!!

고향 동무 권병섭 친구와
산골 연못을 퍼서 물고기 잡을 때
사진에 담아 놓았던 사진입니다.

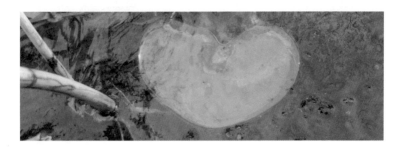

20 생활시인의 자연시

미련일랑 두지말자

뒷강물이 밀어내면
앞강물은 밀려가서
빈자리를 내어준다

순리롭게 살아가자
자연스레 오고가자
미련일랑 두지말자

미련없이 떠나가면
바람이고 구름이고
미련두면 미련탱이

살았을때 음미하고
가야할때 물러가자
미련일랑 두지말자

- 2017년 5월 30일
병선이 장례 치루고
이틀째 되는 날 아침.

모두 아름답다

산은 싱그럽고
들은 시원하고
땅은 포근하고
바위 든든하다

물은 활력있고
바람 상쾌하고
하늘 후련하고
도시 풍요롭다

여자 아름답고
남자 용감하고
사람 사랑이고
인간 인간미다

17년 6월 4일
정오의 햇살에 행복한 유승열
경기도 용인시 이동면 어비리 아워홈 지수원 즐거운 곳에서
원추리 패랭이를 찍다.

맘집을살찌우자

땅집을짓고
몸집을가꾸면서도
맘집은있는지도모르고
정리정돈도하지않는다

쓸고닦고
기름치고조이자는
자동차공업사표어처럼
마음도수련하자

집짓고평수늘리고
돈벌고통장숫자늘리느라고
내생명의밧데리가시나브로
닳는줄도모르고죽어간다

죽어가는건
사는것하고는다르다
삶은황홀지경의환희가있지만
죽어가는것은희열이없다

기쁨과행복이있어야
사람사는맛이있고
삶의평화와의미가있어야
사람사는멋이있다

땅집, 몸집불리기그만하고
땅따먹기놀이정리하고
있는것만잘정돈하면서
맘집을살찌우자

정리정돈에서
정리는안쓰는것을보내는것이고
정돈은쓸것을효율적으로배치하는
효과적인삶의요령이요, 비법이다

맘집을짓고
맘집을잘세우고
마음의집을잘가꿔서
맘집을살찌우자

- 2017년 6월 4일
집짓고돈버느라분주한
많은사람들을보며살다가,
물고기도살찐다는용인어비리
아워홈지수원지혜의정원을보고서
감명받은마음으로, 은민유승열.

정안휴게소에서

공주위에있는정안주변에
비릿한밤꽃내음진동한다

고속도로정안휴게소에서
밤의밤꽃향기에취하니

낮을잊고, 낮을잊고
온통밤속에서있다

공주와빼다박은정안왕자
빼다박은아들딸낳고

밤처럼고소하고달콤한
한평생을잘살았다하니

신혼부부, 과부, 홀아비들
모두다정안, 공주로오네

공주땅, 정안하늘아래
음양의조화가무르익도다

- 2017년 6월 13일
전주뉴파워프라즈마에
다녀오는길에, 정안에서.

정안휴게소사진과
근처의밤나무꽃산사진.

행복한 새벽 미소

감사하다!!
이른 새벽에,
추적추적 비 내리는 소리에 이끌려
현관문을 열고서 밖을 보니 봄비가 온다.
만물을 촉촉이 적셔주는 단비가 내린다.

상쾌한 새벽바람에 생기가 담겨있다.
새벽 비와 함께 온 조간신문을 들고서,
행복한 마음으로 새벽 미소를 짓는다.
좋은 새벽, 좋은 날이다.
감사하다!!

- 2015년 3월 13일 새벽에, 새벽미소 은민.

누구나 자유로운 영혼이다

내가 사랑하는 사람도
나처럼 자유로운 바람이요,
나처럼 존엄스런 하늘이요,
나처럼 아름다운 자연이요,
나처럼 소중한 꽃, 나비다.

사람은 누구나
자유로운 영혼으로 살고 싶고,
아름다운 사람으로 살고 싶고,
풍요로운 사랑으로 살고 싶고,
향기로운 인품으로 살고 싶고,
소중한 꽃, 나비로 살고 싶다.

내가 사랑하는 사람을
나만의 사랑에 가두지 말고,
나만의 세계에 가두지 말고,
나만의 욕심에 가두지 말고,
나만의 감옥에 가두지 말고,
나만의 틀에 가두지 말고,
나만의 끈에 묶지 말자.
꽃, 나비를 죽이지 말자.

사랑한다는 이유로 내 틀에 가두지 말고,
꿈과 이상의 날개를 펼치고 날아가도록
누구나 자유로운 영혼으로 살게 하자.

나비는 마음껏 하늘을 날아가게 하고,
꽃은 마음껏 향기를 발휘하게 하자.
행복한 꽃, 나비로 살게 하자.
누구나 자유로운 영혼이다.

- 2014년 11월 20일 아침에, 월영 은민.

봄 산행을 하고서

어비리산 산행 중에
산자락 끝 수면을 보니,
청출어람청어람인가?
물 속에 비친 소나무가
원래 솔보다 더 푸르다.

산속에 핀 산수유꽃은
이미 봄이 왔다 말하고,
처음 보는 진달래꽃은
갈색 낙엽 사이로 펴서,
봄처녀 소식을 전한다.

다정한 고향 친구들과
화창한 봄날을 즐기면서,
두런두런 이야기도 하고,
푹신한 갈잎새 위에 앉아
술 한 잔 마시니 신선이다.

머지 않아 봄의 함성이
온 산하에 울릴터이고,
내 마음가짐에 따라서
내 마음의 청춘 시대도
새롭게 시작될 것이다.

2015년 3월 21일,

느티나무 산행회원들과
어비리산을 산행하고서.

병섭이 친구, 동길이 친구,
상국이 친구, 정균이 친구,
홍재 친구, 병재 친구들의
함께 해주신 우정에 감사!!

봄처녀 = 봄처녀나비
새봄의 전령 산수유꽃

봄을 보는 만큼이 내 봄이다

- 사랑도 행복도 마찬가지다

완연한 봄이다.
완벽한 봄이다.
더하지도 않고,
덜하지도 않고,
완전한 봄이다.

완연한 봄으로 와서,
완벽한 봄으로 있다가
완전한 봄으로 가는데도,
봄이 오고간 흔적이 없으니,
사계절이 원래 하나인가 보다.

꽃이 피거나 말거나,
새싹이 나거나 말거나,
봄비가 내리거나 말거나
내가 봄을 보면 내 봄이고,
봄을 보지 못하면 내 봄이 아니다.

사무엘 울만이라는 시인이,
'청춘이란 인생의 어느 시점이 아닌
마음가짐'이라는 깨달음은 주면서 ,
청춘의 정신과 내면성을 강조했듯이,
내 마음이 봄[見]이면 나의 봄[春]이다.

봄의 모습을 볼 수 있다면,
한여름 산모롱이 응달에도 있고,
늦가을 양지바른 잔디밭에도 있고,
추운 겨울 볕드는 창가 화분에도 있으며,
처녀, 총각 사랑하는 가슴에도 봄이 있다.

봄은 내가 보고 누릴 때 완성된다.
봄[見]으로써 축복의 봄[春]이 되고,
봄[見]으로써 은총의 봄[春]이 되고,
봄[見]으로써 완전한 봄[春]이 되고,
봄을 보고 누리는 만큼 나의 봄이 된다.

- 2015년 3월 22일 낮에, 방아리에서, 봄.
봄 : 동음이의어 ; 볼 견(見), 봄 춘(春).

오리발

평화롭게 떠다니는 오리는
물 속의 오리발을 끊임없이 젓는다.

평안하게 일하는 사람들도
이면의 노력과 준비를 많이 한다.

우리 어머님과 은인께서는
더운 낮에는 한가롭게 쉬시지만,
새벽에 많은 일을 하고, 더울 때는 쉬셨다.

공부 잘하는 사람들보다는
숙제 잘하는 사람이 더 잘산다고 했다.
책임성 있게 성실해야지 잘살 수 있다.

물 속의 부지런한 오리발처럼,
보이지 않는 곳에서도 부지런하여서,
풍성하게 열매를 맺도록 열심히 살자.

- 2015년 3월 25일 아침에, 모자람 은민.

우리 한식문화의 우수성

풀뿌리까지 먹고 마시는 우리 음식이
세계 최고의 음식문화라고 자부한다.

5년간 숙성시킨 민들레차를 마신다.
참 향기롭다고 정말 맛있고 감사하다.

올 봄에 먹은 냉이, 씀바귀 나물무침도
향기롭고 정말 맛있고 참 감사했다.

된장, 간장, 고추장, 새우젓, 까나리액젓,
김치, 깍두기, 파김치, 백김치, 열무김치...

족발, 닭발, 감자탕, 꼬리곰탕, 도가니탕,
곱창, 대창, 막창, 양, 천엽, 소머리, 우족...

꽃잎, 산나물, 콩나물, 시래기, 송화가루,
명태, 동태, 생태, 황태, 북어, 노가리 등등...

무엇이든지 좋은 음식으로 만드는 한식이
인류 역사상 최고로 우수한 음식문화다.

풀뿌리까지 먹고 마시는 우리 한식이
세계 최고의 음식문화라고 자부한다.

우리의 뛰어난 한식문화를 계발하여서,

건강, 두뇌도, 문화, 문명도 번영시키자.

5년 숙성 민들레차를 끓여준 아내에게
하나님의 축복이 넘치기를 기원드린다.

봄동 겉저리와 백김치를 맛보게 해주신
은인께 하늘 은총이 넘치길 기도드린다.

온갖 정성스런 음식으로 나를 키워주신
하늘에 계신 우리 어머님께 감사드린다.

- 2015년 3월 29일 저녁나절에, 풀뿌리.

일상 선택이 모여서 일생이 된다

냇물이 모여 강물이 되듯이,
일상이 모여서 일생이 된다.
일상의 선택이 모여서 일생이 되고,
일상의 노력이 쌓여서 인생이 된다.

하지만, 운칠기삼이라고 했다.
노력이 3이라면, 선택이 7이다.
운동도 기술이 3이면, 힘이 7이다
선택이 7만큼 중요하다고 볼 수 있다.

유전 같은 선택받은 선택이 있고,
진로나 결혼 같은 큰 선택이 있으며,
매일 식단이나 옷처럼 작은 선택이 있고,
순간의 감정, 반응처럼 소소한 선택이 있다.

상당한 노력을 투여하기 전에,
상응하는 선택을 잘 하는 게 중요하다.
숲을 보고 나무를 보는 안목이 필요하고,
우선순위를 통찰하는 혜안이 필요하다.

'순간의 선택이 10년을 좌우합니다!'
오래 전의, 유명한 광고가 생각난다.
10년 전 선택의 현재 결과를 살펴보고,
10년 후 나의 미래를 현명하게 선택하자.

- 2015년 4월 1일 진언절, 봉명리에서.
4월 1일 만우절을 진언절(참말날)로 바꿈.

생활시인의 자연시

봄비가 지나간 자리에서

봄비가 지나간 자리에,
물 오른 갯버들 뽀얀 솜꽃처럼,
막 오른 꽃들의 향연이 대단원이다.

노란 민들레, 하얀 민들레 꽃피고,
청매화, 홍매화 햇살에 눈이 부시니,
고향 산자락에도 진달래가 활짝 폈다.

화창한 햇살, 훈훈한 봄바람,
푸르른 산과 들, 맑은 시냇물 소리,
오가는 사람들의 활기찬 모습이 좋다.

간밤에 돌아가신 어머님 꿈을 꿨다.
어머님이 나를 친구분께로 인도하셨다.
내 고향 친구 강연옥이의 어머님이시다.

며칠 전에는 아버님 꿈을 꿨다.
꿈에서라도 부모님을 뵈오니 참 좋다.
하나님의 뜻이라면 언제든지 따르리라.

삶엔 늘 핌과 시듦이 함께 하고,
젊음과 늙음, 만남과 이별이 함께 하고,
희노애락애오욕이 봄비처럼 오고 간다.

어제는 봄비가 내리고,

언제는 겨울비가 내리듯이,
오고 가는 계절 따라 순리대로 살리라.

봄비가 지나간 자리, 민들레 곁자리에,
깨알 만하게 하얀 벼룩이자리꽃이 폈다.
자리에 자리꽃이 피니 채워진 느낌이다.

매우 작고 소박한 꽃이라서,
샛노란 민들레꽃에만 시선이 머물고,
벼룩이자리꽃의 존재감이 참 미미하다.

하지만, 우리 삶의 주역이란
크고 힘있고 돈많은 사람들만이 아니다.
작아도 소박해도 모두 귀한 주역들이다.

- 2015년 4월 7일, 민들레 꽃밭에서, 봄날.
민들레꽃 옆의 아주 작은 하이얀 꽃은
'벼룩이자리'라고 하는 봄의 야생화이다.
꽃잎새는 5개이고, 꽃의 직경은 4mm임.

벼룩이자리꽃

봄비가 지나간 자리, 민들레 곁자리에,
깨알 만한 벼룩이자리 하얀 꽃이 폈다.
자리꽃이 빈 자리에 피어나니 조화롭다.

매우 작고 소박한 꽃이라서,
샛노란 민들레꽃에만 시선이 머물고,
벼룩이자리꽃의 존재감이 참 미미하다.

하지만, 우리 삶의 주역이란
크고 힘있고 돈많은 사람들만이 아니다.
작아도 소박해도 모두 귀한 주역들이다.

- 2015년 4월 7일, 민들레 꽃밭에서, 은민.
민들레꽃 옆의 아주 작은 하이얀 꽃은
'벼룩이자리'라고 하는 봄의 야생화이다.
꽃잎새는 5개이고, 꽃의 직경은 4mm임.

듣고 봄의 기적

1.
봅니다.

처음 보듯이
다시는 못볼듯이,
색안경을 벗어 버리고,
장미꽃이라 정하지 않고,
호박꽃이라 이름 붙이지 않고,
나쁜 꽃이라 딱지 붙이지 않고,
좋은 꽃이라 한정하지 않고,
두번 다시 못볼듯이,
처음 보듯이
눈을 뜨고
봅니다.

보입니다.
봅니다.
살핍니다.

2.
듣습니다.

처음 듣듯이
다시 듣지 못할듯이,
귀마개를 뽑아 버리고,

새 소리라 정하지 않고,
개 소리라 이름 붙이지 않고,
나쁜 소리라 딱지 붙이지 않고,
좋은 소리라 한정하지 않고,
두번 다시 못들을듯이,
처음 듣듯이
귀를 열고
듣습니다.

들립니다.
듣습니다.
경청합니다.

3.
보고 듣습니다.

보이고 들립니다.
보고 듣습니다.
살피고 경청합니다.

그냥 그것으로 봅니다.
그냥 그 소리로 듣습니다.
그림자 없는 정오 햇살에,
중도, 중용, 가온자리에서
일어나는 대로 듣고 봅니다.
있는 그대로 다 듣고 봅니다.

내게 씌워진 선글래스를 보고,

내가 쓴 색안경을 알아차리고,
내 귀의 귀마개를 알아차리고,
선입견을 벗고 바라보는 세상이
그 얼마나 아름다운지를 느낍니다.

그것이 그것으로 하여금 말하도록,
지금 여기를 처음처럼 경험합니다.
이번이 마지막인지 모른다는 심정에
다신 못보고, 못들을듯이 음미합니다.

봄은 기적입니다, 행운입니다.
들음은 은총입니다, 축복입니다.
듣봄의 축제는 은혜입니다, 사랑입니다.
있는 그대로 보고 듣는 것이 사랑입니다
봄春에 봄봄은 기적 중의 기적입니다.

- 2014년 5월 21일 봄날 아침~새벽, 은민.

'그것이 그것으로 하여금 말하게 하라.'
에드문트 후설의 현상학의 핵심표어임.

달님에게 묻는다

왜,
허공을 맴돌고,
변두리에서 겉돌고,
속을 끓이시나요?

왜,
그런 선택,
그런 결정을 하고,
그런 인생을 사시나요?

꼭,
여생을 걸고,
의미를 걸고,
행복을 걸만 하셨나요?

혹,
다른 맘은 없고,
다른 길이 없으신지요?
속상해서, 달님에게 묻는다.

- 2015. 4. 30,
허공에 뜬 송편달을 보며, 은민.

산골 친구네서

방아리 막골에는
푸르름이 한창이다.

연두색 단풍, 초록색 갈참나무,
싱그럽게 푸르른 소나무 잎새들...

새벽 풍치는 화사해서 좋고,
저녁 풍경은 은은해서 좋다.

친구네 집에서 끓인 붕어찜은
혀끝어 착착 달라 붙는 별미다.

애기송편도 꿀맛이고,
겉저리도 사각사각 맛있다.

상국이 친구네 논에는
푸른 산, 파란 하늘이 잠겨있다.

산자락 닿은 논둑에는
하얀 백로 한 마리가 쉬고 있다.

한 쪽 다리로 선 백로가
논자락 끝 물거울에 얼비친다.

어비리 뒷산 동네는

무릉도원 별천지 낙원이다.

- 2015년 5월 2일 저녁나절에,
석준이와 막골 상국이 친구네서, 은민.

어버이날 금낭화를 보면서

오늘은 5월 8일 어버이날이다.
내게는 세 분의 어머님이 계신다.
첫째는 나를 낳아주신 어머님,
둘째는 학창시절의 수원 할머님,
셋째는 지금의 나로 세워주신 어머님.
세 분은 내게 성모 마리아와 같으시다.
세 분 어머님의 젊으셨을 때의 모습이
왠지 오늘 보고 있는 금낭화로 보인다.
분홍 단발머리에 하얀 얼굴 모습으로,
푸르른 치마저고리 모습으로 보인다.
두 분의 어머님은 먼저 귀천하셨고,
이제 한 분의 어머님이 함께 하신다.
두 분의 어머님은 가슴에 묻어 모시고,
한 분 어머님은 보은의 감사로 모시리라.

- 을미년 5월 8일 어버이날 오후 3시경,
막골 동생네 금낭화 사진을 찍고서, 은민.

한겨울 살얼음판 위에서

바람에 부대끼는 갈대의
으악새 슬피우는 사연이
황량한 벌판에서 고독한
나만의 노랫말이 되었다.

처연한 멜로디를 타고서
구슬피 읊조리는 가사는
심장을 베어내고 지나간
서늘한 칼날이요 검이다.

우리가 함께했던 날들이
뜨락의 자갈처럼 많은데,
강물에 실려가서 없는지
썰물에 쓸려가서 없는지.

빗물은 냇물되어 갔다가
하늘로 승천하여 오는데,
사랑은 떠나가면 끝이고
마음은 사라지면 없는가.

행여나 돌아올까 되보고
혹시나 살아날까 빌었다.
오늘도 살얼음판 걷듯이
속으로 조마조마 떨린다.

성탄절 저녁나절 벌판엔
차가운 바람소리 거세고,
밟히는 얼음소리 아프고
씹히는 마음소리 슬프다.

한겨울 살얼음판 위에서
삭풍에 살떨리는 백로는
거울에 비쳐지는 자화상,
손모아 기도하는 자아다.

- 갑오년 12월 25일, 떨림.
성탄절 저녁에 벌판에서.

어비리 남산집의 꽃뜨락에서

무성하게 뻗어나간 줄기마다
오동나무 꽃송이가 만개했다.

아가씨들 치마처럼 앙증맞은
연보라빛 꽃잎새가 어여쁘다.

오동나무 꽃향기는 신비롭고,
오데코롱 향수처럼 오묘하다.

생화향은 싱그럽게 상큼하고,
낙화향은 은은하게 달콤하다.

부모님의 은혜로운 향기처럼,
죽어서도 향기로운 오동화다.

다정하신 부모님의 모습으로
오동나무 잎새들이 손짓한다.

어버이날 추억들이 생각나고,
숭고하신 은총마다 감사하다.

- 을미년 어버이날 아침나절에,
어비리 남산집의 꽃뜨락에서.

성실한 일상이 행복의 비결이다

소소한 일상과 평범한 밥벌이 일이
매일 행복의 비결이라고 할 수 있다.

폼나게 이것 저것 누리고 싶었지만,
철이 들면 이상과 현실이 구별된다.

두 마리 토끼를 쫓다가 포기하고,
한 마리 행복을 좇는 게 현실적이다.

직장생활을 하다가 쫓겨나는 것이
제발로 걸어나오는 것보다는 낫다.

끝까지 해보려고 붙잡는 근성이
쉽게 포기하고 도피하는 것보다 낫다.

상처받지 않으려고 적당히 타협하면,
평생토록 비겁한 도망자로 죽게 된다.

용감하고 성실하게 일을 하다 보면,
어느덧 행복한 자신을 발견하게 된다.

'사람은 돈으로 사는 게 아니고,
일로 사는 것'이란 훌륭한 신념이 있다.

행복이란 그리 거창한데 있지 않다.

성실한 일상에서 꽃피고 열매 맺는다.

네잎클로버 행운이 있기에 앞서서,
세 잎새의 사랑, 희망, 행복이 먼저다.

- 2015년 4월 28일 클로버와 이야기 후.

네잎클로버의 첫째 잎새를 사랑으로,
둘째 잎새는 희망, 셋째 잎새는 행복으로,
그리고 넷째 잎새를 행운으로 보기도 함.

하루를 살 뿐이다

좁아터진 마음 속에
온갖 욕심, 욕구, 욕정들,
온갖 상념, 번뇌, 근심, 걱정들,
온갖 상처, 원한, 원망, 분노들이
뱀처럼 나선형 똬리를 틀고 있었다.

이제 조용히 내려 놓았다.
비가 오면 빗소리에 취하고,
바람 불면 바람 냄새를 느끼고,
어둠이 내리면 어둠을 음미하고,
밝아지면 밝음을 충실히 살아간다.

어제도 하루, 오늘도 하루,
그리고 내일도 하루를 살 뿐이다.
물질과 육체와 집착을 초월한듯이
물 위에서 시원하게 헤엄치는 뱀처럼,
하루하루를 유연하게 살 뿐이다.

- 2015년 5월 11일 봄비 내리는 밤, 은민.

길가의 민들레꽃을 보면서

자존심의 꽃이 져서 시들어야
자존감의 열매가 열리게 되고,
자존권의 씨앗이 맺히게 된다.

아름다움이 시들어 떨어져야
착하고 선량한 열매가 열리고,
참되고 진정한 씨앗이 익게 된다.

오늘도 길가에 지천인 민들레꽃의
아름다움에 홀려 시선을 빼았기고,
솜사탕 민들레 씨앗에 사로잡혔다.

새파란 잎새는 싱그럽게 씩씩하고,
노오란 꽃잎은 화사하게 아름답고,
하이얀 씨앗은 거룩하게 고귀하다.

우리의 푸르른 만남도 싱그럽고,
우리의 노오란 사귐은 화사하고,
우리의 하이얀 작별은 거룩하리라.

- 2014년 5월 5일, 아침부터 신통방통.

찔레꽃 당신은 제게

찔레꽃 당신을 만난 것은
제 일생 최고의 행운입니다.

달처럼 달콤한 찔레꽃 당신은
제 평생 최상의 행복입니다.

장미처럼 매콤한 찔레꽃 당신은
제 인생 최대의 축복입니다.

순결하게 새하얀 찔레꽃 당신은
하늘 복음의 은총입니다.

황금색 노오란 꽃술의 당신은
내 생명의 근간이십니다.

노랑 꽃술 왕관에 앉은 꿀벌은
세상에서 제일 행복한 행운압니다.

- 2015년 5월 19일 오전에,
용인시 이동 어비리 수역 공원에서,
해진 동생과 사진을 찍고서, 은민.

작약꽃을 보며

작약꽃은 자기야꽃이다.
자기야꽃을 가슴에 품고
나의 마지막 길을 가겠다.

작약은 자기야다.
자기야를 마음에 품고
나의 영원한 길을 가겠다.

작약은 자기 약이다.
자기는 나의 약이니까,
자기만 있으면 만병통치다.

작약은 작고 약하지만,
예쁘고 아름다운 꽃이다.
작약꽃 한 송이로 황홀하다.

작약 자기야, 고마워요!!
자기야 작약, 사랑해요!!
자기야, 미안해요!!

- 2015년 5월 20일, 작약꽃을 보며.

사랑

장점을 보는 게
눈의 사랑이요,

경청하는 게
귀의 사랑이다.

공감하는 게
가슴의 사랑이요,

알아차리는 게
머리의 사랑이다.

친절한 말 한 마디가
입의 사랑이요,

환한 미소가
얼굴의 사랑이다.

겸손히 섬기는 게
몸의 사랑이요,

다정한 배려가
마음의 사랑이다.

착한 마음 씀씀이가

영혼의 사랑이요,

배려하는 언행이
사랑의 섬김이다.

오늘도 영혼의 사랑,
행복한 섬김으로 살겠다.

- 갑오년 부활절, 은민.

소망초 꽃을 보면서

중복동 교회 앞 길가의
소망초 군락 꽃무리가 아름답다.
초록 치마저고리에 희고 노란 얼굴이
조선시대 처녀들처럼 수수하다.

나는 오늘부터
개망초를 소망초라 부르겠다.

식물도감이나 국어사전에
개망초라고 적혀있다 해도
나는 소망초라고 명명하겠다.

망초보다 작고 가늘은 개망초니까,
작을 소자를 붙여서 소망초로 하겠다.

꽃송이가 계란프라이를 닮아서
계란꽃이라고 하는 사람들도 있지만,
원래 망초와 함께 연결하기도 쉽고,
희망과 소망이 연상되는 소망초가 좋다.

나는 오늘부터 긍정의 마음으로
개망초를 소망초라고 부르겠다.

조선시대 망국기에 들어온 망초가
망국의 한이 들어있는 이름이라는

확실치 않은 유래와 역사가 있으나,
망초를 그냥 망초로, 소망초로 보자.

개망초보다는 소망초라고 부르면,
내 인격에도, 기분도 더 좋을 것이다.
앞으로는 늘 소망초라고 불러주자.

나를 잊지마세요가 물망초 꽃말이면,
소망 가운데 승리하고 행복하세요를
소망초 꽃말로 삼아 늘 행복하게 살자.

6월의 소망초 꽃무리가 아름답다.
길가에도 밭둑에도 하얗게 피었다.
초록의 계절 6월의 소망이 피어난다.

- 을미년 6월 15일, 중복동에서,
논길가의 소망초 꽃무리를 보며, 은민.

꽃과 벌의 아름다운 동행

꿀벌이 꿀과 꽃가루를 따지만,
꽃에게 아픔을 주지 않습니다.

꿀벌은 꿀과 꽃가루를 따면서,
꽃에게 꽃가루를 수정해 줍니다.

꽃은 꿀벌 덕분에 열매를 맺고,
좋은 꿀과 꽃가루를 대접합니다.

아름다운 꽃과 활기찬 꿀벌은
더불어 함께 가는 동반자입니다.

지혜로운 꽃과 성실한 꿀벌은
더불어 돕고 사는 협력자입니다.

사랑스런 꽃과 선량한 꿀벌은
더불어 함께 하는 반려자입니다.

- 2014년 4월 20일 심야, 길벗.

2013년 5월 13일 오전에,
막골 상국이 친구네서
민들레 꽃에 앉은 꿀벌을 보면서

화초에 물주기

1.
화분의 화초에 물을 주면,
꽃이 피어 향기를 발한다.

아름다운 꽃을 보니 좋고,
신비로운 향기도 참 좋다.

푸르른 잎새도 싱그럽고,
탐스러운 열매도 참 좋다.

2.
사람들에게도 물을 준다.
칭찬과 격려와 응원이다.

지지해 주고 칭찬을 하면,
고래도 춤을 춘다고 했다.

글쓰는 분들의 글을 보면,
좋은 점만 보고 칭찬하자.

3.
화초에 독극물을 주거나,
소금을 뿌리지는 않는다.

너나 잘하세요라고 했다.

남을 너무 비판하지 말자.

글의 장점만 보고 평하고,
잘한 부분만 응원해 주자.

4.
화분 화초에 물을 안주면,
얼마 못가 말라서 죽는다.

사람을 비난하고 욕하면,
오래지 않아서 망가진다.

나름대로 정성껏 쓴 글을
내 글로 여기고 칭찬하자.

5.
남을 비난하는 속 마음엔
내 안의 상처가 숨어있다.

마음의 상처를 치유하고,
부정적인 성향을 버리자.

긍정의 미덕을 적용해서,
관용하는 인정으로 살자.

- 2015년 7월 22일 오후에,
올라온 글들을 보며, 은민.

길가의 메꽃을 보며

1.

길가의 메꽃
누가 이름을 알아 줄까
분홍 메꽃을 보고
나팔꽃이라고 하진 않을까
메꽃 속의 작은 개미
과연 누가 자세히 보았을까
누군가가 써놓은 글
그 뜻과 마음을 이해해 줄까
인생길 모퉁이의 한 사람
어느 누가 알아주기나 할까

2.

사람들 속에 섞여있어도
섞이지 않는 것은 시린 외로움
누가 오라고 초대했는지
물처럼, 바람처럼 스며든다
외로움이 떠나갈 때에도
바람처럼 물러갔으면 좋겠다
문득 외로움이 찾아오면
외로움과 다투지 말고 사귀자
외로움 중에 내가 나를 만나고
더불어 사는 고마움을 알게 된다

3.

길가의 작은 꽃들
나를 보듯이 자세히 보자
분홍 메꽃 속에 기어다니는
작은 개미 한 마리도 찾아보자
세상의 작은 존재들에게
새롭고 큰 의미를 부여하자
약하고 선량한 이웃들에게
크고 진실한 사랑을 말하자
모든 꽃이 다 예쁘고
모든 사람이 다 소중하다

- 2015년 7월 22일 점심에,
이동면 어비리 수역 공원에서, 은민.
메꽃 사진 속의 개미를 찾으셨나요?

강아지풀을 보면서

귀여운
강아지풀 이삭이
바람에 살랑살랑 꼬리친다.

푸르른
벗나무 잎새가
바람에 하늘하늘 손짓한다.

싱그런
갯버들 가지 잎새가
바람에 슬렁슬렁 춤을 춘다.

인생이
얼마나 아름다운가
느끼면 느낄 수록 감동이다.

부드런
배랭이 긴 잎새가
바람에 고개를 깊이 숙인다.

- 2015년 8월 10일 오후에,
수역 공원에서 친구들과 은민.

귀뚜라미 소리에

입추가 하루 지나니

귀뚜라미가
밤이 새도록
노래를 한다

계절은
자연은
이처럼 정직하다

때가 되면
자연스레 나타났다가
자연스럽게 사라져 간다

오고 가며
변화무쌍한 세상을
구경하려고 왔다

새벽
귀뚜라미 소리에
온몸에 전율이 흐르고
설레는 맘으로 일어났다
신명나게 살아 보자

- 2015. 8. 10 새벽, 은민.

관찰한 것을 글로 쓰자

생각해서 쓰는 글은
문학을 배운 이에게 유리하다

관찰한 것을 쓰는 글은
누구나 열심히 하면 된다

꽃이 예쁘면
자세히 관찰해서 쓰고

나무가 멋있으면
많이 관찰해서 쓰고

산이 깊으면
깊이 관찰해서 쓰고

사람이 아름다우면
심층 관찰해서 쓰면 된다

관찰한 것을 쓰는 글은
누구나 재미를 들이면 된다

- 2015년 8월 13일 새벽 6시에, 은민.

비의 나그네

가을을
재촉하는
비가 내린다.

덥다고
무덥다고
말도 많았다.

어느새
선선한 바람이
창문을 넘어 온다.

화려한
초록의 계절도
내리막 길을 간다.

꽃이 예뻐도
온 몸을 불태우는
단풍이 더 아름답다.

사람은
진퇴의 시기를
분별할 줄 알아야 한다.

때가 되면

민폐를 남기지 말고
멋지게 떠날 줄 알아야 한다.

빗소리 따라
왔다가 떠나가는
비의 나그네가 되어야 한다.

비의 나그네는
마음을 텅 비우고
바람 따라 왔다가 말없이 간다.

나그네의 빈 자리에
또 다른 나그네가 와서
삶의 임무교대를 하는 것이다.

단군 시대 사람들이
지금 모두 살아 있다면
콩나물 시루가 되었을 것이다.

하늘 비의 나그네로
바람 따라 유유히 왔듯이
구름 따라 초연히 사라져 주자.

- 2015년 8월 20일 밤에, 은민.

호박꽃을 보고

8월 20일, 그저께 찍은
두 송이 호박꽃 사진입니다.

샛노란 호박꽃이
참 싱싱하고 탐스럽습니다.

길가의 호박꽃이여도
화병의 죽은 꽃보다 싱그럽고
왕궁 꽃꽂이 꽃보다 아름답습니다.

이번에 만난 두 송이 호박꽃은
노오란 꽃잎새의 끝자락이
5개와 6개로 갈라졌습니다.

꽃잎 끝이
4개로 갈라진 호박꽃도
몇 년 전에 보았습니다.

호박꽃 꽃잎새의 치맛자락이
4개로 5개로 6개로 신비롭듯이
사람도
남자 여자
흑인 백인 황인
이런 사람 저런 사람 다채롭습니다.

다양성을 존중해 주는 사회가
성숙하고 아름다운 세상이라는 걸
노오란 호박꽃님이 가르쳐 주시네요.

가리키는 달은 보지 않고
달을 가리키는 손가락만 보느냐?고
은근히 질책하듯 가르쳐 주시네요.

길가의 호박꽃도
넘치도록 아름다운 도반이고
충분히 지혜로운 스승이십니다.

- 2015년 8월 22일 새벽에, 은민.

바람과 나비와 나

바람의 바람은 무엇일까? 자유?
바람처럼 살다가 바람처럼 가는 초월?

바람의 바람은 무엇일까? 바람?
바람이 바람답게 살다 가는 자아구현?

바람의 바람은 무엇일까? 영원?
바람이 있는 듯, 없는 듯 무위자연?

바람의 바람은 무엇일까?
나의 바람은 무엇일까?

나는 나의 바람을 바람에게 묻고
바람은 바람의 바람을 나에게 묻는다.

나는 바람의 거울이고
바람은 나의 유리창이다.

거울은 내 자신을 볼 수 있고
유리창은 상대방을 볼 수 있다.

거울은 비춰주니까 나를 볼 수 있고
유리창은 투명해서 남을 볼 수 있다.

나는 나의 바람을 바람에게 묻고

바람은 바람의 바람을 나에게 묻는다.

바람을 타고 훨훨 날아다니는 나비는
바람과 나의 물음에 뭐라고 대답할까?

묻고 묻고, 또 묻고 묻고 물어가는
끝이 없는 자문자답, 자아성찰이다.

- 2015년 8월 23일, 바람과 나비의 은민.

가을에

가을이 되면
모든 게 늙어 간다.

그렇지만 난
늙는 게 서럽지 않다.

늙고 익으며 영글어 가고
영원한 세계에 닿아 가는 듯
신령한 은혜와 감동을 느낀다.

온갖 경험을 많이 하고
이렇게 깊어 가는 마음이 좋다.

하늘의 은혜에 감사하고
땅의 은총에 감사하고
고마운 사람들에게 감사하다.

늙은 미완성일지라도
지금의 이런 내가 좋다.

- 2015년 9월 첫날 새벽에, 은민.

8월의 마지막 날에

뜻이 있고,
의미가 있고,
가치와 보람이 있어야지
추구할 만한 가치가 있다.

아무 의미도
아무 보람도 없으면,
새로운 사람을 만나고
새로운 길을 가는 게 낫다.

소중한 보화가 있는 곳에
그 마음도 함께 있게 된다.

의미있는 삶의 보석과
보람있는 생활의 보물과
가치있는 인생의 보화를 찾아서,
내 남은 생애를 멋지게 올인하자.

사랑할 것은 제대로 사랑하고,
도전할 것은 제대로 도전하고,
정말 하고 싶은 것을 해보면서
마음껏 멋지게 한 번 살아 보자.

8월의 꽃과 나비의 몸짓처럼,
여한이 없도록, 후회가 없도록

남은 인생을 제대로 살아 보자.

- 2015년 8월의 마지막 날, 은민.

꽃밭에서

꽃밭에 앉아 꽃과 벌을 바라보노라니
대립을 넘은 조화로운 세계가 보이고
정겨운 동행과 조율하는 손이 보인다.

꽃은 기다리는 자의 느긋함으로 피고
벌은 찾는 이의 부지런함으로 날아와
아름다운 음양의 조화를 이루어 좋다.

우리네 인생살이도 꽃과 벌처럼 되어
서로 돕고 어울리며 아름답게 산다면
인생의 꽃밭이 지금 바로 여기로구나.

- 2015년 9월 3일 아침에,

기다리는 자의 온화함과
시골 후배네 집 꽃밭에서, 은민.

가을 풍경

어제, 퇴근길에 찍은 코스모스 사진을
객지에서 고생하는 아들에게 보냈다.

"바람에 흔들리는 순간인 것 같은데
이쁘네요!"라고 아들이 화답을 했다.

그렇다. 그러고 보니 그렇다!!
가냘픈 코스모스 기다란 꽃대가
바람에 살랑살랑 흔들리는 모습이
가을의 가장 아름다운 풍경이다.

그러고 보니 그렇다!!
바람에 흔들리는 코스모스가 이쁘듯
풍파에 흔들리며 사는 모습이 예쁘고
세파에도 춤을 추는 낭만이 아름답다.

똑같은 파도라고 할지라도
서핑을 하는 사람은 파도를 즐기고
물에 빠져죽는 사람은 파도를 원망한다.

똑같은 삶의 환경 속에서도
성공하는 사람은 역경을 넘어서고
실패하는 사람은 역경에 넘어진다.

흔들리는 코스모스가 아름답듯이

풍파에 흔들리면서도 굴하지않고
앞으로 나아가는 사람이 아름답다.

우리 아들 지형이의 삶의 모습이
흔들리는 코스모스처럼 아름답고
서핑하는 젊은이들처럼 활기차다.

남은 세월도 우리 멋진 아들이
이쁜 삶의 자세와 용기있는 모습으로
인생역경을 잘 헤쳐나갈 것을 믿는다.

- 2015년 9월 5일 아침에, 가을 은민.

열무밭에서

비 온 뒤
갓 자란 열무 밭
연하게 파아란 잎새

어머님
열무 된장국
구수한 국물맛

어머님과
열무 된장국
소중한 내 추억

돌아가신 어머님이
열무로 함께 하시고
나로 함께 하시는구나

- 2015년 9월 6일,
방아리 임수길 형님네
열무밭에서, 열무 은민.

아래 사진이
수길 형님네서 찍은
예쁜 열무밭 사진이다.
웬만한 꽃밭보다 더 아름답다!!

산에서

- 더불어 사는 세상이 아름답다 -

산길에 들어서니
민들레
질경이
씀바귀
애기똥풀
고비, 고사리가 예쁘다.

산에 들어서니
소나무
밤나무
참나무
벗나무
철쭉, 진달래가 멋지다.

세상에 들어오니
이런 사람
저런 사람
불교도
기독교도
무신론자가 더불어 산다.

함께 하는 세상이 든든하고
손을 맞잡은 세상이 즐겁고
어깨동무한 세상이 평화롭고

어울려 사는 세상이 행복하고
조화롭게 사는 세상이 풍요롭고
더불어 사는 세상이 아름답다.

- 2015년 7월 18일, 산에서 은민.

나팔꽃과 애기땅빈대풀을 보며

야생 보랏빛 나팔꽃이
마른 땅에 착 달라 붙어서
낮은 포복으로 기어가고 있다

더 아래서 포복하는 애기땅빈대풀이
우리 서민들의 고달픈 살림살이 모습과
너무 많이 닮은 것 같아서 애처롭다

살림살이라는 말은
살리는 살이라는 뜻이다
살리고 또 살리는 것을 의미한다

요즘, 우리 서민들에게는
살림살이가 살림살이가 아니다
살림살이가 아닌 죽임살이 같다

불평불만을 하자는 게 아니다
힘든 이웃들의 생활고를 알아차리고
동병상련하는 마음을 갖자는 것이다

땅에서 기어가는 애기땅빈대풀이
땅바닥에 엎드린 나팔꽃이랑 함께하니
그래도 동병상련하는 위로가 될 것이다

추석명절이 다가올 수록

지갑은 비고 통장은 마른다
속은 타고 마음은 무겁고 어두워진다

가난한 살림살이에 곤고해진
추석명절 서민들의 애환이지만
서로 돕고 격려한다면 살 만하다

격려는 귀로 먹는 보약이라고 했듯이
백짓장도 맞들면 낫다는 말이 있듯이
서로 상부상조 품앗이라도 하며 살자

땅바닥에서도 함께 하며 힘을 내는
가녀린 나팔꽃과 애기땅빈대풀 처럼
힘없고 가난한 사람들끼리 서로 돕자

배가 고프면 함께 들의 곡식을 보고
술이 고프면 함께 가을 바람을 마시고
마음이 고프면 함께 보름달을 바라보자

땅바닥의 나팔꽃과 애기땅빈대풀아
너희들도 이 번 추석 명절 잘 쇠고서
풍성한 마음으로 다시 만나자꾸나

- 2015년 9월 21일, 해질녘에, 은민이.
용인 남사에서 오늘 찍은 사진입니다.

화창한 가을에

화창한 가을
화통한 하늘
화사한 산들
화려한 단풍
화목한 가정

따사로운 햇살
일렁이는 벌판
무르익은 곡식
덩실대는 인심
아름다운 고향

풍성한 추석명절
둥그런 대보름달
오붓한 가을잔치
따스한 인정이여
행복한 마음이여

- 2015년 중추절에,
화창한 가을에 대해서
글을 하나 써달라고 하는
고향 동생을 위해서, 은민.

이 가을에

붉은 벽돌집의
빠알간 담쟁이가

예쁜 단풍 손으로
담을 타듯이

봄을 타듯이
이 가을을 타보자.

절벽 바위 틈새의
작은 옻나무가

고운 단풍 손으로
암벽을 타듯이

봄을 타듯이
이 가을을 타보자.

낙엽 길도 걸어보고
극장에도 가보고

방랑기도 살려보고
마음 사랑에도 빠져보고

이 가을이 가기 전에

후회하지 않도록 해보자.

지금 여기에서
그 때 거기를 잊고

현재진행형을 사랑하고
될 일보다 된 일에 충실하고

이 가을에
지금 여기 현재를 즐기자.

- 2015년 9월의 마지막날 새벽에, 은민.

제비, 새깃유홍초

제비는
떡치고 등치는 순서가 있단다.

그걸 몰랐었다.
진작 알았다면 카사노바요
김삿갓 김병연 선생님이요
황진이 벽계수가 되었을텐데...

어느새 저녁노을이 깃들어
황혼의 새깃유홍초가 되었다.

새깃유홍초 꽃처럼
얼굴에 홍조를 띠우지만
고혈압에 숨이 가빠서 빨개진 것이다.

새깃유홍초 잎새처럼
서슬 푸른 노여움을 띠우지만
부챗살 같은 잎새 사이로 맥이 빠지고
남 모르게 기죽은 허세에 불과하다.

이제사 회춘하려 발버둥처도
세월 앞에 장사가 없다.

새깃유홍초야
나는 어쩜 좋으냐?

죽을 준비나 잘 하라고?

그래, 잘 죽는 게 잘 사는 거고
잘 사는 게 잘 죽는 비결이겠지?

여생을 여여하게 살다가
여유만만하게 가면 최고라고?

그래, 맞아!!

제비
새깃유홍초
카사노바처럼
해박하고 자유로운 영혼으로
쿨~하게 살다 가겠다.

사실은
카사노바가
해박한 사람이요, 예술가다.

카사노바 새깃유홍초
강남 갔던 제비가 강남에 돌아온다.
강남 스타일 제비인가보다...

- 2015년 10월의 첫날, 새깃유홍초 은민.

가을

가을은
익어가고
여물어가는
열매의 계절입니다.

한 해가 익어가고
햇살이 익어가고
구름이 익어가고
바람이 여물어갑니다.

감 사과 배들이 익어가고
벼 수수 콩들이 익어가고
산과 들의 단풍이 익어가고
온통 여물어가는 풍경뿐입니다.

익어가는 가을따라
마음이 익어가고
인품이 익어가고
생각이 여물어갑니다.

여물고 익어가는 계절에
하늘을 보며 감사하고
땅을 보며 기뻐하고
꽃을 보며 즐거워합니다.

가을은 여물고 익어가는 계절입니다.
가을은 거두고 감사하는 시절입니다.
가을은 나누고 사랑하는 시절입니다.
가을은 기쁘고 아름다운 계절입니다.

- 2015년 10월 4일 해질녘에,
용인 남사 방아리 막골 논의
황금물결을 바라보며, 은민.

비수리 야관문?

모르는 사람에게는
고려청자도 개밥그릇이고
팔만대장경도 빨래판에 불과하다.

유홍준 교수는
'나의 문화유산답사기'에서
'아는 만큼 보인다.'고 했다.

나의 경험에 따라도
아는 만큼 살 수 밖에 없고
아는 대로 살 수 밖에 없다.

그제, 일을 마치고
그 일 집 앞에 베어놓은
비수리 야관문을 주웠다.

알지 못해서
힘들여 베어 버린 것을
나는 손쉽게 주웠다.

아는 게 힘이라고
베이컨도 말했으니
배우기를 멈추지 말자.

힘없고 가난한 설움보다
못배운 설움이 더 크다고 하니

배우기를 게을리하지 말자.

배우고 때로 익히면
또한 기쁘지 아니하냐고
학이시습지불역열호아라 했다.

비수리 야관문을
모르고 베어 버리는 건
안타까운 일이다.

비수리 야관문이
TV 삼시 세 끼에 나왔다고
호들갑을 떠는 건 유치하다.

아는 만큼 보이고
아는 만큼 살고
아는 만큼 누린다.

널리 배우는 기쁨으로 살고
깊이 익히는 즐거움으로 살자.
많이 배워서 나누는 삶을 살자.

- 2015년 10월 7일 새벽에,
새벽사랑 은민.

산, 들, 하늘을 보며

산은
그 자리에서 고요한데

나는 지금
불안하게 떠도는구나.

들은
점잖게 누워서 쉬는데

나는 지금
분주하게 움직이는구나.

하늘은
맑고 푸르르고 높은데

나는 지금
어둡고 칙칙하고 낮구나.

산아, 들아, 하늘아,
나도 너희를 닮고 싶구나.

- 2015년 10월 10일(토),
힘든 일을 해결하러 가면서.

불두화 꽃자리 뼈

하얀 사발꽃 불두화 꽃자리
뼈다귀만 앙상히 남긴 가을 뼈

보리수 아래서 수도하다가
머리에 벌집이 생긴 부처님의
앙상한 갈비뼈가 연상되는 뼈

탐스럽던 왕자님의 불두화
피골이 상접한 깡마른 수도자의 뼈

다비식에서 뼈가 다 타고 남은
진주처럼 영롱한 사리 같은 뼈

영욕의 세월을 다 겪고 간
골고다 언덕의 쌓여있는 뼈

불두화 꽃자리의 뼈를 보니
내가 죽어서 썩은 후에 남을 뼈

풍요롭던 가을도 어느덧
앙상한 나뭇가지만 남기고서
삭막한 겨울바람을 부르는 뼈

가는 가을이 무상하다는 뼈
갈 사람 갈 때 맞춰 가라는 뼈

- 2015년 10월 14일 오후에, 은민.

용인 남사 방아리 막골 논에서
첫벼베기 추수를 한 친구들과
자두나무 아래 평상에 모여 앉아
막걸리를 즐겁게 마시다가 찍은
불두화 꽃자리 사진입니다.
불두화는 부처님 머리 꽃이라는 뜻.

가을은 성스런 계절이다

가을은 고독의 계절이다
가을은 물음의 시절이다
가을은 열매의 지절이다

고독은 물음을 물어오고
물음은 열매를 물들이고
열매는 물음을 익혀준다

고독에 영글은 물음으로
물음에 익어진 사랑으로
사랑에 승화된 거룩으로

겸손한 사람은 모름으로
총명한 사람은 물음으로
현명한 사람은 사랑으로

가을은 거둠의 지절이다
가을은 성숙의 시절이다
가을은 성스런 계절이다

- 2015.10. 20 저녁, 은민.

알바를 끝내고

알바를 끝내고 퇴근하지 않고
정원수를 다듬어드렸다.

분재의 나무와
단풍나무, 느타나무, 불두화를
나름 예쁘게 다듬어 드렸고
저수지 풍경을 가리고 있던
일본아카시 나무도 베어냈다.

처음엔
1~2 시간 하려고 했으나
5시간을 무료로 도와드렸다.

하고 싶을 때 하는 전지작업은
내겐 노동이 아니고 일도 아닌
즐거운 놀이다.

노동은 공정한 사회
일은 낙원을
놀이는 천국을 지향한다고 본다.

나는 일을 할 때
재미들이는 놀이나
운동을 가미시켜서 하는
별난 취미가 있다.

즐겁게 땀을 냈는데 호박죽을 주셨다.
아내가 해놓은 집 밥을 먹고 싶었지만
형수님 마음 상하지 않게 해드리려고
식당 주인 형님과 먹었다.

오늘은 일거사득이다.
땀흘려서 운동놀이 하고
고마운 분들 도와드리고
막걸리도 줄여 마셨고
기분도 좋다.
1거4득 이상일지도 모른다.

고향 사람들은
내가 닭 잡고 힘든 일 하는 걸
있기 어려운 일로 보지만
내 어머님이 그렇게도
뼈가 닳도록 일하셨다.

어머님 왈(?)
"죽으면 썩을 몸 아껴서 뭐하니?"

오늘 따라
3년 전에 돌아가신
어머님이 생각난다.
어머님께 무한 감사하다.
어머님은 땅의 하늘이시다.

- 2015년 10월 22일 밤에, 은민.

가을 꿈 속에 쓴 시

하늘이 스며들어와
새싹으로 살아났다

아침햇살이 날아와
녹음으로 피어나고

저녁노을이 내려와
단풍으로 물들더니

땅이 오르내리면서
낙엽으로 만들었다

- 2015년 10월 29일
밤 0시 경에 깨어서
꿈 속에서 쓴 글을
옮겨서 적어보았음.

떨어지는 낙엽을 보며

연두 자라 초록이 되고
초록 익어 단풍이 됩니다

단풍 지쳐 낙엽이 되고
고향 땅으로 날아갑니다

가을 사진 풍경에는
참나무 숲만 보입니다

눈에 보이지 않는다고
갈잎이 없는 게 아닙니다

갈참나무 잎새들이
갈색 새 되어 날아갑니다

눈에 보이지 않아도
따뜻한 사랑을 느낍니다

따스한 댓글을 보면
베푸신 온정에 행복합니다

가슴이 뭉클해지고
뿌듯한 마음 가득 찹니다

눈팅이 가슴팅 되어서

추억의 낙엽으로 쌓입니다

우리 소중한 밴친님들의
사랑과 응원에 행복합니다

정겨운 가을 산처럼
따뜻한 밴친님들 사랑합니다

새파란 가을 하늘처럼
친절한 밴친님들 존경합니다

사랑합니다, 감사합니다!
존경합니다, 고맙습니다!

- 2015년 11월 12일 아침, 은민.
용인 남사 방아리 막골에서 담은
무르익은 가을 산이 참 정겹고요,
새파란 가을 하늘이 참 곱습니다!!

생활시인의 자연시

늦가을 빗소리를 들으며

새벽 세 시 쯤
추적추적 늦가을 빗소리를 듣는다

늦가을비는
겨울로 달려가는 급행열차다

늦가을 밤비는
북극으로 날아가는 초음속비행기다

하룻 상간에 갑자기 다가오는
추운 겨울을 피하고 싶을 때도 있다

하지만, 피하려 해도 피할 수 없고
피해야 할 이유도 미흡하다

계절에 사계절이 있듯이
인생에도 춘하추동이 있어야 한다

어린 시절의 봄날이 있고
청년 시절의 여름날이 있어야 한다

장년 시절의 가을날이 있고
노년 시절의 겨울이 있어야 한다

자연의 사계와 인생의 춘하추동은

피할 수 없는 숙명이고, 진리다

피치못할 진리와 추돌하지 말고
진리에 순응해서 진리를 타고 날자

타잔이 줄을 타고 날아다니듯이
사계와 세파를 타고 날듯이 살자

늦가을 밤비가 추적추적 내린다
일년을 돌아보고 일생을 추적한다

떠나고 남은 계절을 어떻게 누리고
여생을 어떻게 영위할까 궁리한다

- 2015년 11월 14일 새벽 3시에, 은민

살아있을 때

살아있을 때
하나라도 더 내려놓고
비울 수 있어서 다행이다

욕심 버리기가
제일 어려운 난제이고
가장 많은 과제라고 느꼈다

죽으면 죽으리다
목숨 내려놓고 사는 게
사실 가장 큰 비움인 것 같다

살아서는 스스로 비우지만
살아서 자율로 비우지 못하면
죽을 때 타율로 비워지게 된다

스스로 변화하지 않으면
남이 나를 강제로 변화시키는
인격의 수모를 겪게 된다

꽃이 핀다는 것은
꽃이 자신의 속을 비움으로
아름다움과 향기를 발하는 것이다

살아있을 때

스스로 비우는 행복을 누리고
스스로 변화 발전하는 복을 누리자

- 2015년 11월 15일 새벽사랑 은민

첫눈 내린 날의 행복

세상에나
첫눈이 내렸네요

창문을 열어 보니
온 세상이 하얗네요

오늘 새벽 6시에 가야할 알바를
어젯밤에 다녀오길 참 잘했네요

그래서 이렇게 첫눈을 감상하며
느긋하게 음미할 수가 있네요

이렇게 눈이 내리니 좋고
새벽 눈길에 운전하지 않아서 좋네요

세상에 깔린 자연만물과 온세상과
소소한 일상에 행복이 있지요

기름이 아슬아슬할 때
휘발유를 넣으면 얼마나 든든합니까

오래 된 자동차가
시동이 걸리면 얼마나 감사합니까

깜빡거리던 형광램프에

불이 들어오면 얼마나 반갑습니까

전기밥솥에 따끈한 햅쌀밥이 있으면
얼마나 행복하고 다행입니까

게다가 오늘처럼 첫눈이 내리면
이건 완전 횡재한 기분입니다

제한 받아 봐야
소중한 것을 느끼게 됩니다

불편을 겪어 봐야
소중한 것을 절감하게 됩니다

고통을 당해 봐야
소중한 것을 통감하게 됩니다

첫눈 내린 오늘 새벽에도
일상의 행복을 느끼며 감사합니다

- 2015년 11월 26일, 새벽사랑 은민

오늘 새벽 2층 현관 밖의 흰눈 풍경을
사진에 담아 봤습니다. 아름답지요?^^
경기도 동탄 아파트 건설현장에서
아들 지형이가 담은 사진도 2장 보탭니다.

일상이 무심천이다

청주 맑은 고을에
무심천이 흐른다

밤이 되면 단잠을 자고
새벽이 되면 기지개를 켠다

아침이 되면 햇살에 조반을 하고
일어나 일터로 흘러 간다

점심엔 깊은 물에 잠시 쉬었다가
여울목에 다달아선 힘차게 달려 간다

가다가 가다가 강이 되고
다 받아 주는 바다가 되어 머문다

무심천이 바다가 되고 하늘이 되고
우주로 하나가 된다

무심천에서는
또 다시 밤이 되고 단잠을 잔다

무심천에서는
또 다시 아침이 되고 할 일을 한다

일상이

무심천이다

- 2015년 12월 27일
친구 장례식에 다녀와서
새끼 낳은 호순이에게 밥을 주고
몸살기로 한 숨 자고 일어나서
꿈 속에서 쓴 글을 기억해서 써 봄.

"일상이 무심천이다"는 글은
어젯밤 꿈 속에서
아내가 글을 써달라고 해서
써서 줬더니
이렇게 평범한 글을 별로라고 했던
잊혀질 뻔한 글입니다
이틀 전엔가
TV에서 청주 무심천 뉴스를 본 게
꿈 속까지 연결되었습니다
잠이 깼을 때 생각이 나서
얼른 기록한 글입니다~^^

박주가리 솜털 씨를 보며

겨울 바람에
박주가리 하얀 털 씨가 날리면
함박눈이 날리는 것처럼 멋지다

겨울이 어디 있냐고 묻지 마라
마음 속에 겨울이 있고 봄이 있고
여름이 있고 가을이 있다

안토니오 비발디의 가슴 속에 이미
봄 여름 가을 겨울 사계가 있었기에
악보로 끄집어낸 것일 뿐이다

봄의 박주가리 새싹 속에 이미
여름이 있고 가을이 숨어 있고
겨울이 담겨 있다가 보인 것 뿐이다

겨울 씨앗 속에는 이미
봄이 들어 있고 희망이 들어 있고
꽃과 열음의 여름 열매가 들어 있다

아무리 힘들고 괴로와도
봄꽃의 희망을 부여잡고
여름열매의 소망을 품고 살자

- 2016년 1월 13일 새벽 4시 경에

힘든 현실 속에서 희망을 바라보며, 은민

올 1월 11일날, 용인 남사 방아리 막골서
바람에 날리는 박주가리 하얀 털 씨들의
환상적인 모습을 바라보며 담은 사진임.
더 엄청나게 날아가던 멋진 풍경 사진은
실수로 동영상까지 다 날려 보냈습니다.
어쨌든, 다 날아 갔습니다.^^

연 연 연 / 은민

유연
태연
자연
천연
초연

바람처럼 유연하고
물속처럼 태연하고
나무처럼 자연스럽고
산들처럼 천연스럽고
하늘처럼 초연하자

유연 태연 자연 천연 초연하자

2016년 1월 16일
구름이 태양에 드리운 아침에
마음 소를 길들이고 훈련시키려고
수양하고 수련하는 마음으로, 은민

마늘로 양파, 쪽파, 대파를 통합하자

우리 마을 이장 선거에서
60 대 61로 당락 승부가 엇갈렸다

이어서, 사달이 났다
쪽파와 대파 간에 싸움이 났다

여당과 야당의 내분처럼
양파, 쪽파, 대파, 실파로 다툰다

쪽 팔리고 면목이 없어서
면목동이 사라질지도 모르겠다

이제 우리 다시
단군조선 배달의 민족으로 가자

홍익인간의 이념으로써
널리 인간을 이롭게 하자

웅녀가 먹었던 마늘로써
양파, 쪽파, 대파, 실파를 통합하자

요리할 땐 파가 필요하겠지만
평화로운 모임엔 파가 필요 없다

싸우고 찢어진다면

당사자들과 공동체만 손해 본다

이제 다시 심기일전해서
마을을 화목하게 회복시켜 보자

고향 마을 사람들이 화합하여
아름답고 평화로운 동네로 일궈 보자

웅녀가 먹었던 마늘의 정신으로
양파, 쪽파, 대파를 통합하자

- 2016년 1월 15일 밤에
마을 비상대책회의에 다녀와서, 은민

마을분들께 삼가 아룁니다.

어느 한 두 사람만의 과제가 아닙니다.
마을에 형성된 파벌을 종식시켜야 하고,
비빔밥처럼 조화를 이뤄야 하겠습니다.

최대다수 최대이익이라는 공리주의는
사람이 할 수 있는 효율성의 극대화로서
대승적인 목표의식을 지향하는 겁니다.

마음까지도 화합을 하면 더 좋겠지만,
모두가 손해보는 안타까운 분쟁만은
어떻게 하든지 피하자는 말씀입니다.

철천지 원수도 아니고, 적도 아닙니다.
한 걸음씩 양보하는 마음 가짐을 갖고
엉킨 실타래를 풀어가도록 하시자구요.

일할 땐, 일에 몰입하자

2008년 여름철에 산책을 하다가
뺑소니 차에 치여 졸도한 적이 있었다.

그 후로 양쪽 귀에 이명이 생겨서
매미 소리처럼, '쐐~'하는 소리가 난다.

참매미는 보통
새벽 4시부터 오전 9시 사이에 운다.

크고 시커먼 말매미는
오전 8시부터 오후 3시 사이에 운다.

내 귀에서는 24시간 계속해서
온갖 매미가 '쐐~'하고 운다.

그렇지만, 나는
조금도 신경쓰지 않는다.

이명을 신경쓰기 시작하면
신경쇠약이나 정신병에 걸릴 것이다.

무시하고 신경쓰지 않으니까
나는 전혀 아무 문제가 없다.

누가 내 옆에서 코를 곯아도

나는 전혀 신경쓰지 않고 잘 잔다.

봄철 개구리가 엄청나게 울어도
나는 조금도 개의치 않고 잘 잔다.

개구리 소리가 교향악으로 들리고
매미 소리가 노랫소리로 들린다.

쓸데 없이 신경을 쓰지 않고
무시하고 접어두는 것이 비법이다.

다양한 분야에
다양한 모습으로 과민한 사람들이 있다.

예민함을 넘어 과민해지면
자타가 스트레스를 받는다.

어찌할 수 없는 부분은
조금 둔감하게 살 필요가 있다.

좀 더 둔강해지는 요령은
어떤 일에 물두하고 몰입하는 것이다.

약간 미쳐야지
능률도 오르고 더 행복하다.

일할 땐
일에 몰입하자.

- 2016년 1월 17일 02시에, 은민.

둔강: 둔한 듯 강하다는 뜻으로 만든 말.

찰떡궁합

글과 꽃
책과 자연
차와 음악
눈과 그림
손과 조각
발과 진흙

입술과 체리
지성과 감성
남성과 여성
머리와 하늘
가슴과 대지
온몸과 우주

이 얼마나
잘 어울리는
찰떡궁합인가

말만 들어도
등에 전율이 오고
심장이 두근대는
천상의 음악이요
낙원의 그림이다

잘나고 못나고 없다

하모니 조화를 이루고
찰떡궁합이면 최고다

- 2016년 2월 5일, 은민!!

2015년 7월 17일부터
활성화된 글방 밴드를 하다가
2015년 9월 9일부터
약 3개월간 꽃방 밴드를 겸해서
글과 꽃, 책과 자연, 지성과 감성이
상호보완하며 조화를 이루도록 했다.
글과 꽃과 자연이 찰떡궁합이라서
덕을 많이 보았다.
지금은, 훌륭한 분들께 리더위임했다.
"슬기로우신 익살님, 열정의 설님께
꽃방, 글방의 멋진 미래를 부탁합니다."

흑진주처럼 살련다

고생을 많이 하면
겸손과 사랑과 인내라는
영롱한 흑진주로 영근다

빛나는 흑진주는
어둔 바닷속 조개의
암덩어리 피고름 결정체다

깊은 바닷속의 진주조개는
햇빛이 너무나 부족해서
암에 잘 걸린다

암에 걸려 흐르는 피고름이
살 속의 모래 조각을 덮어서
귀중한 흑진주가 되는 것이다

상처는 흉터가 된다지만
고난을 이겨낸 삶의 무늬는
흑진주 광채처럼 아름답다

고난과 고통을 경험한 만큼
고매한 인격으로 익어가고
고상한 인품으로 빛이 난다

고난을 당하면 당할 수록

흑진주 알처럼 아름다운
겸손의 빛을 발산하게 된다

고난 중에 깨달은 것이 많아
수십억 수업료를 냈는데도
나는 조금도 아깝지 않다

거창한 꿈이나 목표보다
겸손과 사랑과 인내로써
고운 흑진주처럼 살련다

예수님의 십자가 고난에
기꺼이 동참하는 믿음으로
아픈 흑진주처럼 살련다

- 2012년 11월 21일, 은민

※ 필리핀, 말레이시아의
깊은 바닷속 진주조개는
햇빛이 너무나 부족해서
암에 많이 걸린다고 한다
너무 가슴 아픈 사연이다

늦겨울 밤비

1시부터 새벽 4시까지
단잠을 자고 일어났다

주룩 주룩 주룩
하염없이 밤비가 내린다

봄비처럼 아름다운 빗소리가
내 마음의 창을 두드린다

늦겨울 밤비가
마음의 꽃밭에 물을 적신다

물기를 머금은 씨앗이
힘차게 움트는 것처럼

봄맞이를 하듯이
기지개를 켜고 일어났다

오늘 하루도
봄비처럼 활기차게 살리라

오늘 하루도
봄꽃처럼 은혜롭게 살리라

- 2016년 2월 12일, 평택시 서편동에서
새벽사랑 은민

내 마음의 꽃밭 가꾸기

어디에 피는 꽃이
가장 아름다울까요?

어디에 피는 꽃이
가장 추악할까요?

마음에 피는 꽃이 가장 아름답고
마음에 피는 꽃이 가장 추악합니다

마음의 선악과 미추는
극과 극이 될 수 있습니다

오랜 세월을 통해서만
바뀌는 게 아닙니다

살인마 강도가 집에 가면
자비로운 아빠일 수 있습니다

마음의 선악과 미추는
극과 극이 될 수 있습니다

마음 문 단속을 잘해야지
추악한 강도가 들어오지 못합니다

야간경비 일을 나흘 째 하다보니

문 단속이 중요한 걸 절감했습니다

내 마음의 창문으로
추악한 것이 들어오지 못하게 합시다

내 마음의 정문으로
선한 것이 들어오게 합시다

늘 깨어 있는 경비원처럼
내 마음 문 단속을 잘 합시다

내 마음의 꽃밭에
아름다운 꽃이 만발하게 합시다

- 2016년 2월 13일 토요일 밤에
평택 서탄면 뉴 파워 프라즈마에서, 은민

발아, 고맙다!!

발아, 다행이다
오늘 새로 산 세숫대야를
네가 개시해서 기분 좋다

발아, 너는 항상
손과 얼굴에게 양보하고
대야 하나도 꼴뱅이로 썼지

물도 손에게 양보하고
얼굴에게 양보하고
항문에게도 양보했지

발아, 미안하구나
그렇다고 달라지는 건 별로 없어
다만, 고맙고 미안하다는 거지

만약에, 발부터 닦은 물에
손이나 얼굴을 닦으면
미쳤다고 할 거야

중요한 건
네가 내게 소중하고
네게 고맙고 미안하다는 거지

발아, 너와 많이 닮은

우리 어머님도 늘 양보하셨어
밥상의 생선도 머리만 드셨어

솔직히, 아버님보다
어머님이 더 고마운 건
대부분 인지상정일 거야

발아, 고마운 너를
우리 어머님 격으로 보고
그 고마움을 전하고 싶은 거야

발아, 고맙다
따끈따끈한 물에 담가서
깨끗하고 시원하게 씻어 줄게

- 2016년 2월 17일, 막내둥이 은민

60세 제 발 사진 아래에는
45세 즈음의 제 사진이고요
지갑에 간직하고 다니는
돌아가신 부모님과 아들의 사진이고
뒷편에는 천상병 시인의 '귀천'입니다

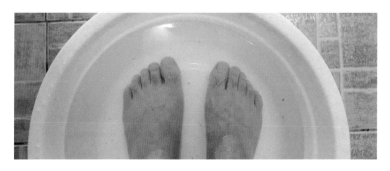

나다울 때 가장 아름답고 향기롭다

사람이 언제 가장 아름다울까
사람은 언제 가장 향기로울까

사람은 사람다울 때 가장 아름답고
사람이 사람다울 때 가장 향기롭다

나는 언제 가장 아름다울까
나는 언제 가장 향기로울까

나는 나다울 때 가장 아름답고
내가 나다울 때 가장 향기롭다

내가 있어야 할 곳에 있을 때
내가 가장 아름답고 향기롭다

장미꽃이 장미꽃다울 때
가장 아름답고 향기롭다

장미꽃이 있어야 할 곳에 있을 때
가장 아름답고 향기롭다

호박꽃이 호박꽃다울 때
가장 아름답고 향기롭다

호박꽃이 있어야 할 곳에 있을 때

가장 아름답고 향기롭다

나는 나다울 때
가장 아름답고 향기롭다

- 2016년 2월 20일 아침에
뉴파워프라즈마 경비근무를 마치고, 은민

든든한 마음의 후원자 제 아들 유지형임다

도시 락이 기대된다

나는 내가
도시락을 싼다

밥을 먹으면서
도시락을 싼다

그날의 입맛에
맞는 반찬을 싸고

조금 남은 반찬을
되도록 비워준다

반찬의 양도
알맞게 정한다

도시락을 싸니까
서로 서로 좋다

도시락의 하루가
기대가 되어 즐겁다

오늘은 도시락을
네 개나 싼다

도시락의 락은

즐거울 락이다

도시의 락이
기대가 된다

즐거운 하루의
도시 락이 기대된다

즐거운 새벽이다
즐거운 아침이 온다

즐거운 하루의 시작이다
도시 락이 기대된다

- 2016년 3월 6일
경비근무 출근준비로
즐거운 새벽에, 은민이

어느 분과의 카톡 대화입니다.

1, 샘, 도시락도 집적 싸십니까?

2, 도시락을 먹을 사람이 싸면
얼마나 좋은 점이 많은 데요^^

1, 아예, 가정주부 하세요^^

2, 주어지는 기회라면
소백정도 감사함으로 합니다.

소백정이 정형사인데요,
포정해우라는 분은 입신의
경지에 도달하셨다고 합니다.
저는 지난 4월부터 7개월간
포정해계를 해봤습니다.^^

도시락 = 밥도시락.
도시 락 = 도시의 즐거움.
제가 담은 도시락 사진입니다.

감사가 봄볕이다

1.
봄이 오면
얼음이 녹고
추위가 물러가듯이

감사할 때
불만이 녹고
불평도 물러간다

불만이 추위고
불평이 얼음이라면
감사는 따뜻한 봄이다

2.
밝은 빛에
어둠이 사라지고
그림자가 지워지듯이

감사할 때
불만이 사라지고
불평도 지워진다

불만이 어둠이고
불평이 그림자라면
감사는 밝은 빛이다

3.
추위와 싸우지 말고
어둠과 버성기지 말자
감사가 봄볕이다

감사함으로써
추위와 어둠을 물리치고
불만과 불평을 잠 재우자

감사가 따뜻한 봄이고
감사가 밝은 빛이고
감사가 봄볕이다

- 2016년 3월 6일
따뜻한 봄날 봄볕을 바라보며
경비근무 중에, 봄사랑 은민

천상병씨의 귀천을 노래로 듣고서

순수 시인 천상병씨의 귀천을
멋들어지게 불러 제낀다는 장사익씨
노래를 들으려니 박수 소리가 풍성하다

공연장에 울려 퍼지는 박수 소리랑
함석지붕에 떨어지는 소나기 소리랑
어쩜 그리 닮았는지 짜릿한 전율이 왔다

부족한 인생살이 잘 살았다고
소나기가 내려와서 우뢰와 같은 박수로
하늘의 응원을 전해주는 것 같이 좋았다

덩치 큰 고래도 칭찬하면 춤을 춘다는데
덩치 작은 내게 하늘 소나기 사신이 와서
상을 주고 격려를 해주니, 이 얼마나 좋은가

지난 한 달 동안에도 참 열심히 살았다
밤을 하얗게 샌 날이 보름 쯤 될 것이다
경비든, 깨어서 경성을 하든 열심히 하리라

"나 하늘로 돌아가리라
새벽빛 와 닿으면 스러지는
이슬 더불어 손에 손을 잡고

나 하늘로 돌아가리라

노을빛 함께 단 둘이서
기슭에서 놀다가 구름 손짓하면은

나 하늘로 돌아가리라
아름다운 이 세상 소풍 끝내는 날
가서 아름다웠더라고 말하리라"

천상병 시인의 시처럼 "귀천"할 때까지
아름다운 세상 소풍의 고삐를 놓치지 않고
가는 날까지 최선을 다해서 살다 가리라

- 2016년 3월 12일 아침에 퇴근을 해서
천상병 시인의 '귀천'을 노래로 불러주는
장사익씨의 노래를 듣고서, 은민 신명남

출근 길 보름달을 보며

새벽 미명
5시 50분
출근 길
밝은 보름달
서편 하늘
아름다워라
님의 모습
환히 떠오르네
달처럼 고우신
내 님이 보고파
그 집 앞
노래를 부른다
새벽 6시의
강아지가 보인다
공장에는
불이 환하다
달마는 왜
동쪽으로 갔을까
나는 왜 지금
서쪽으로 갈까
출근 길 내내
달님이 함께 한다
나는 행운아
행복한 사람
이문세 씨의

노래가 생각난다
상쾌한 새벽길
오늘 하루 감사하다

- 2016. 3. 24
신호등 앞에서, 은민

어제, 용인 남사 봉무리
집 앞에서 담은 민들레
노오란 꽃사진입니다^^

들풀

들풀
잡초

들꽃
야생화

나는 어떤 말을
자주 쓸까

풀을 뽑아 주려고
예쁜 호미를 사 왔다

잡초가 아니다
풀을 뽑는 것이다.

무심코 보면
잡초로만 보이지만

애정을 담고 보면
꽃 아닌 게 없다

들풀!
얼마나 듣기 아름다운가!

사랑스런

들풀이어라!

- 2016년 3월 28일 아침
경비근무 중에, 은민.

회사 화단의 회양목 곁에 난 민들레
방금 담았습니다^^
노란 민들레 꽃사진은
지난 23일 집에서 담았습니다.

"무심코 보면
잡초로만 보이지만
애정을 담고 보면
꽃 아닌 게 없다"

이 귀한 글은
오늘 댓글 중에
강릉닭님께서 해 주신
감동스러운 말씀입니다.
강릉닭님,
멋진 글 감사드립니다!!

쇠별꽃

하수구 속의 희고 깔끔한 쇠별꽃이
진흙탕 속의 희고 성스런 백연꽃과
시장통 속의 맑고 올곧은 서민들과
무지개 속의 밝고 소소한 소망들이
무진장 많이 닮은 모습이 좋습니다

- 2016년 3월의 마지막날
꽃이름 알기 밴드에 올리신
질경이님의 쇠별꽃 사진을 보고, 은민

중용적인 교육이 필요하다

광야로 내보낸 자식은
콩나무가 되었고,

온실로 들여보낸 자식은
콩나물이 되었다.

'콩씨네 자녀교육'이란
정채봉 님의 교육관이다

이를 더 펼쳐놓고 보면
이해하기가 좋을 것이다

광야의 방생교육처럼
풀어 놓아 다니게 하면

광야에서 콩나무가 되거나
비둘기의 밥이 될 수 있다

둘째, 밭의 방목교육처럼
큰 울타리 안에서 키우면

밭에 심겨 가꾸어진 콩은
다 잘 자라 열매를 맺는다

셋째, 시루의 콩나물처럼

온실에서 과잉보호를 하면

온실에서 유약해진 콩은
남의 밥이 될 수 밖에 없다

밭에서 돌보아 키우는 게
가장 보편적인 교육이다

교육의 강도나 성향도
시대상황을 선용해야 하고

어느 시대, 어느 곳에서나
중용적인 교육이 필요하다

- 2016년 4월 7일 오후에
감기 걸린 아이를 데리고
병원에 가신 분께 은민이

자연을 닮은 우리네 인생

연두가 익어 초록이 되고
초록이 익어 단풍이 되니
우리네 인생 다를바 없네

- 2016년 4월 14일 새벽
경비근무를 서면서, 은민

목화

첫째 날은
연노랑 꽃이 핍니다

둘째 날은
연분홍 꽃으로 변합니다

셋째 날은
꽃이 집니다

목화는
세상에서 가장 쿨한 꽃입니다

꽃이 진 자리에는
따스한 솜이 피어납니다

목화는
가장 따스한 사랑입니다

- 2016년 4월 16일
봄비 내리는 저녁에
꽃이름 알기 옥기석님의
목화 사진과 글을 보고, 은민

쿨(cool) : 깔끔한.

이화도화 만발하니

이화도화 만발하니
이도저도 생각나네
이도세종 대왕마님

나라사랑 홍익인간
백성사랑 이화세계
겨레사랑 한글사랑

단군조선 이어받아
조선왕조 번영시켜
세계제일 대한민국

- 2016년 4월 16일
봄비 내리는 심야에
행복한 맘으로 은민

이화는 배꽃,
도화는 복숭아꽃,
이도는 세종 대왕님의 본명,
홍익인간은 널리 인간을 이롭게 함,
이화세계는 이치로 다스려 화평케 함.

아래 이화 도화 사진은
오늘 못자리 농삿일을 한
용인 남사 방아리 막골 풍경임.

이별은 하늘의 작품이다

만남은 우연의 선물이고
인연은 관계의 산물이고
이별은 하늘의 작품이다

만나고 여한이 없었다면
만나서 죽어도 좋았다면
만나지 못해도 여한없다

만나서 여한이 없었다면
만나고 싶어서 소망하고
만나고 만나도 갈망한다

만나고 싶어도 이겨내고
이별이 닥쳐도 감수해야
만남도 인연도 완성된다

만남과 관계와 인연들이
이별을 향해서 나아가니
언제고 이별을 준비하자

만남은 우연의 선물이고
인연은 관계의 산물이고
이별은 하늘의 작품이다

- 2016년 4월 19일 밤에

경비를 서면서 미소은민

하얀 스웨터의 잠자리는
하야한 주희샘님 사진임
탁월한 실력자로 존경함
애기똥풀꽃 위의 꽃등에
지난 토요일날 촬영했음

다양성을 존중하자

"샘" 하는 사람이 있고
"쌤" 하는 사람이 있다

편을 가르지 말고
그냥 다양성으로 보자

식당 메뉴를 선택하듯이
"샘"이라고도 불러보고
"쌤"이라고도 불러보자

장미도 사랑하고
호박꽃도 사랑하고

벚꽃도 좋아해 보고
무궁화도 좋아해 보자

그냥저냥 좋게
다양하게 살아 보자

서로를 소중히 여기고
다양성을 존중하자

- 2016년 4월 25일 새벽
야간 경비근무 중에, 은민

빈집에 스스로 핀 꽃

꽃은 셀프 self
자신이 주인이고
자기 스스로 주인공이다

스스로 관계하는 꽃은
슬퍼하는 사람들과 함께 울고
기뻐하는 이웃들과 함께 웃는다

수처작주 입처개진이라 했으니
어디서든 참다운 주인으로 살면
그 곳이 바로 진리의 곳이다

삶의 진수로 이끄시는 옛 성현들의
다정다감하신 가르침의 목소리가
은은하게 들린다

아름다운 봄날입니다
참 좋은 세상입니다
가서 아름다웠더라고 하신다

아름다운 이 세상
더 아름답게 만들려고
꽃은 스스로 주인공이다

- 2016년 4월 26일 새벽에
병원에서 sf 간병 중에
꽃이름 알기 밴드 황옥수님이 올리신
금낭화, 매발톱꽃, 목단, 황철쭉꽃을 보고
곱고 이쁘다시는 질경이님 댓글차 향에 취해
빈집에 스스로 핀 아름다운 꽃에 취해
댓글시를 써 봅니다. 은민~~^^

산책길에

과거의 기억과
미래의 기대를 내려놓고
현실에 충실한 삶
카르페디엠!!

꽃등에 한 쌍이
노오란 금계국 꽃 등에서
현재를 즐기고 있네요

- 2016년 5월 25일
24시간 경비근무 교대 후
퇴근해서 산책을 하며, 은민

오늘 아침에 용인 남사 봉무리 냇가를 산책하며 담은
금계국 노오란 꽃잎새 위에서
데이트(허니문) 중인
꽃등에 한 쌍의 사진입니다.

은민 약력시

1957년 6월 21일 물 좋고, 산 좋고, 인심 좋은
경기도 용인시 처인구 남사면
봉무리에서 태어나서 자라고

수원중학교, 수원고등학교,
용인 태성고등학교에서 크고
1978년 8월 11일 사나이라면 꼭 가 봐야 할
논산과 여산에서 훈련받고
국방과학연구소에서 군복무하고

제대하고 외대 법대에 들어가고
총신대 신학과를 졸업하고
총신대 신학대학원에서 공부하며
14년간의 목회를 마치고 귀향해서
8년간 부모님과 작은 형님을 모셨고

여러가지 어려움을 겪다가
2016년 2월 10일 설 때부터
대한경비 소속으로 경비를 서다가

11월 1일부터는 원청회사인
뉴파워프라즈마(주) 인사팀의
직원으로 일하게 되었으며
이렇게 틈틈이 글을 쓰고
책도 낼 수 있으니

평생을 은혜로 살았고
여생도 은혜로 살테니
고맙고 감사할 뿐입니다.

아버님, 어머님, 작은 형님께 특히 감사하고
의리있으신 고향 분들께 감사하고
고향 친구들에게 엄청 고맙고
직장 동료분들께 감사하고
스마트폰 글쓰기 동호회와
꽃이름 알기 밴친 님들께
고맙고 감사합니다.

감사합니다! 열심히 살겠습니다.

2017년 6월 21일 양력 환갑날
은민 유승열 드림 Dream.

고향 땅
경기도 용인시 남사면 방아리
중복동 교회 앞의 메꽃입니니다.

생활시인의 자연시

현재를 즐기자

현재를 살면 행복하고
과거를 살면 우울하고
미래를 살면 부담된다

과거는 없다
미래도 없다
현재만 있다

없는 걸 상대하는 게
귀신을 만드는 격이다

현재를 충실히 살지 못하고
없는 과거와 미래에 매이면
귀신의 노예로 사는 격이다

현재를 충실히 살지 못하면
말짱 헛짓이다

뇌경색 중풍으로 마비된
내 오른 쪽 발과 다리가 몹시 아파서
아내가 내 다리를 주물러 주고 있다

아파서 자지러질듯 놀라면서도
지금 이 글을 쓰고 있다

심히 아픈 이유를
마비가 풀리려는 전조라고 여기고
아파도 감사하며 이 글을 쓰고 있다

지옥에서도 현재를 즐기면 천국이고
천국에서도 과거와 미래에 매여서
현재를 누리지 못하면 지옥이다

지금 여기 현재를 즐길 때만
기쁘고 행복한 삶을 살 수 있다

지금 몹시 아픈 중에도
나는 이 글을 쓰며 행복할 만큼
현재를 감사하면서 즐기고 있다

현실을 중히 여기고
현재를 즐기자 카르페디엠!!

- 2016년 5월 25일 밤에, 은민

오늘 퇴근 후, 산책 길에 담은
노오란 금계국 꽃잎새 위에서
허니문 여행 중인 꽃등에 사진입니다.

꽃을 바라보며

아름다운 꽃을
가슴에 담으면
더욱 아름답고

사랑하는 님을
마음에 담으면
항상 고귀하고

하나님의 영을
영혼에 담으면
영원 무궁하다

- 2016년 5월 28일
경비근무 중, 은민

어버이날 아들 선물
카아네이션 꽃 사진.
20일 넘도록 싱싱함.

연영초 삼위일체꽃

연영초 꽃은
매력적인 향기를 가진
아름다운 꽃입니다

꽃말도
그윽한 향기
그윽한 마음입니다

연영초 하이얀 3꽃잎이
삼위일체의 하나님을
연상하게 해주니까

연영초를 앞으로는
삼위일체꽃이라고
부르셔도 좋겠습니다

성부 성자 성령
은혜롭고 신비로운
연영초 삼위일체꽃

- 2016년 5월 28일
회사 경비근무 중에
강아미님의 꽃사진과
질경이님의 답변을 보고, 은민

세상살이란

세상살이란
세간의 배를 타고
세파의 시련을 겪으며
세풍에 돛을 달고 항행하다가
세상 끝에 닻을 내리는 것이다

- 2016년 5월 30일 점심에
경비근무를 서면서, 은민

세간 : 사람들이 살아가는 곳,
집안 살림살이에 쓰는 온갖 물건.
항행(航行) : 배나 비행기가 항로를 따라 나아감.

바람

못다한 이야기를
마저 다하고 싶다

- 2016년 6월 6일
현충일, 하늘을 보며

꽃밴드를 하는 이유

작년 9월 9일날 꽃밴드를 만들어서
4개월만에 5백 회원 정도 됐을 때
순수하게 꽃밴드를 도와주신 분들 중에
어느 한 분께 리더를 위임했습니다.

제가 꽃밴드에서 소통하는 것은
꽃처럼 아름답고
꽃처럼 향기롭고
더 나아가
'사람이 꽃보다 아름다워'라는 노래처럼
사람이 꽃보다 더 곱고 예뻐지려는 겁니다.

꽃을 소재로 대화하고 소통하면서
함께 사랑(꿰) 주고, 사랑(고임) 받으며
아름답게 성장 성숙하려고
꽃밴드를 합니다.

꽃밴드를 하는 이유에 충실하렵니다.

꽃밴친님들께서도
꽃밴드를 하시는 더 좋은 이유를
가지고 계실 겁니다.

중요합니다.
꽃밴드를 하는 이유...

- 2016년 6월 9일
회사 경비근무를 하면서, 은민.

묵언수행

침묵수련
묵언수행

열매처럼
꽃잎처럼

나무처럼
유수처럼

바위처럼
바람처럼

태산처럼
구름처럼

태양처럼
달님처럼

조기야와
주경야휴

춘하추동
무위자연

하루종일

묵언수행

- 16. 6. 12
묵언 은민
허한 나를
바로 세움

깊이 살자

1. 깊이 하라

깊이 사랑하라
〈깊이 사랑할 수 있는 사람만이 위대한 고뇌를 맛볼 수 있다./톨
스토이〉

깊이 고뇌하라
〈깊이 고뇌할 수 있는 사람만이 위대한 사랑을 맛볼 수 있다./ 은
민 패러디〉

2. 깊이 살자

깊이 음미하고
깊이 생각하고
깊이 느끼고
깊이 살자

- 2016년 6월 12일 저녁에, 심해 은민

비가 내리니 좋다

비가 내린다
떨어지는 빗방울 소리가
아름다운 음악이다

회사 현관 밖에는
폴모리아의 경쾌한 경음악
토카타를 틀어 놓았다

실내에는
조용한 여운을 주려고
음악을 틀지 않았다

고인 물 위에 떨어지는
빗방울의 작은 파문이
생동감 있어서 참 좋다

나이가 들 수록
비가 더 좋아지는 것은 왜일까
슬며시 궁금해진다

아무튼
비가 내리니 좋다

- 2016년 6월 15일 아침
회사 경비근무 중에, 은민

회사 현관 앞의 비오는 풍경 사진.

일자리가 생존권이다

살자리가 확립되려면
주거생활이 확보돼야 한다
생물학적인 생존권이다

살자리가 확립되려면
일자리가 마련돼야 한다
경제적인 생존권이다

일자리가 있어야
설자리가 제공되니
사회적인 생존권이다

놀자리가 있어야
자기구현을 할 수 있다
문화적인 생존권이다

일자리가 중요하고
일터가 소중하다
핵심적인 생존권이다

일자리를 만드는 게
모든 생존권의 핵심이다
일자리가 최고 생존권이다

- 2016년 6월 18일
부업을 알아보려고 전철로 서울에 다녀오면서

서울시 청년정책 표어를 보고서

오늘 아침 퇴근길 차 안에서의 소풍 밥상 사진.

경비석의 고구마 싹과 잠자리,
자비로 회사에 콜벨을 설치한 사진.

사람에겐 뭐가 필요할까?

나무에게는
빛과 물과 흙의 거름이
필요합니다

나비에게는
꽃의 꿀이 필요합니다

사람에게는
과연 뭐가 필요할까요?

- 2016년 6월 21일 새벽 4시
양력 생일날, 생활시인 은민

오늘 60회 내 생일 기념으로
생활시인이라는 별칭을 쓰기로 함.

인동초 꽃은 하얗게 피어서
노랗게 지는 걸로 알고 있습니다.^^

시절인연

맘에 맞지 않으면
물처럼 바람처럼 그냥
스쳐 지나가면 그만이고

맘에 맞으면
꽃으로 피고
열매로 맺히면 되는 거다

- 2016년 6월 21일 생일날

찔레꽃, 찔레열매와 장사익씨 사진

질경이

질경이는 질겨서 질경이다
질근질근 잘근잘근 밟아도
모질게 살아남는 질긴이다

질경이는 질겅질겅 씹혀도
질겨서 거뜬하게 버텨낸다
질경이는 센 고래힘줄이다

질경이를 차전초라고 한다
마찻바퀴에 갈려도 괜찮고
끄떡없다고 붙인 이름이다

질경이나물 맛은 쌉쌀하다
쌉쌀하고 고소한 인생살이
질경이처럼 끈질기게 살자

- 2013년 5월 29일 아침에
질경이나물을 맛있게 먹고
추억하는 마음으로 은민이

들꽃

들꽃은
세상에서 가장 큰 화분
지구별에 심긴 꽃이다

들꽃은
우주에서 가장 넓은 온실
하늘에 담긴 꽃이다

들꽃은
세계에서 가장 깊은 사랑
자연에 맡긴 꽃이다

들꽃은
하늘의 햇살을 담고 있고
대지의 바람을 품고 있다

들꽃은
꽃이 피고 지는
역사의 흥망성쇠를 담고 있고

아름답게 피고 지는
초자연 역사의 대하 드라마
감동의 영상을 보여주고 있으니

예수님은

"들의 백합화가 어떻게 자라는가
생각하여 보라"고 말씀하셨다.

들꽃 한 송이도
지구별처럼 아름답고
광대한 우주처럼 위대하다

- 2016년 6월의 마지막 날
새벽 5시 쯤 경비근무 중에
유익종씨의 '들꽃'이라는
감미로운 노래를 들으면, 은민

1번 꽃, 2016년 6월 28일 해질녘
용인시 남사면 봉무리 우리집 앞의
3년 전에 내가 만든 화단에서 담은
아름다운 분홍 자귀나무꽃.
저녁 때라 잎새가 붙었음(합환채).

2번 꽃, 6월 10일, 용인시 처인구청에서 담은
연분홍 메꽃(나팔꽃을 닮음).

3번 꽃, 6월 24일, 용인 남사 봉무리 집 앞
냇가 장뚝에서 촬영한 금계국 사이의
하얀 소망초(개망초)꽃 사진.

4번 꽃, 5월 1일, 평택 양성 성주리 저수지에서
아들 지형이와 산책하며 찍은 애기똥꽃.

5번 꽃, 4월 10일, 용인 남사 봉무리

남사교회 앞의 보도블럭 틈새를 삐집고 나와서 핀
생명력이 강하고 위대한 민들레꽃.

모두 다 아름다울 뿐입니다

아름다우신
만리향님

피는 꽃도
핀 꽃도

지는 꽃도
땅에 떨어진 꽃도

진 꽃 자리도
진 꽃 자리의 열매도

무르익은 열매를 따 낸 자리도
열매도 모두 다 아름다울 뿐입니다

나무 싹이 나는 모습도
죽은 나무가 썩어 가는 모습도

잎새와 가지랑 줄기랑 뿌리와
허공도 모두 다 아름다울 뿐입니다

소낙비에 흔적입은 백일홍을
너무 애처로이 생각하지 마시고

소나기에 떨어진 능소화를

너무 아쉬워하지 마시길 바랍니다

피는 꽃도, 지는 꽃도
진 꽃도 모두 다 아름다울 뿐이듯이

만리향님의 삶의 모습과
마음도 모두 다 아름다울 뿐입니다

- 2016년 7월 3일
이 글을 만리향님께 바칩니다.
소낙비에 상처입고 분홍 백일홍 꽃을 보고
애처로와하시는 만리향님의 글을 보고,
또, 소낙비에 떨어진 능소화를 아쉬워하시는
꽃보다 아름다우신 만리향님의 글을 보고, 은민.

차별 말고 분별하자

일 가리지 말고
음식 투정하지 말고
사람 차별하지 말자

이치는 분별하고
예절을 구별하고
선악은 선별하자

- 2016년 7월 4일 밤에
만리향님의 댓글을 보고서, 은민

거울 보기

경비석에
거울을 놓았다

경전이라는 말을
거울 경으로 봐도 좋다

외모도 단정하게 하고
나 자신도 성찰하련다

- 2016년 7월 8일
경비근무를 서면서, 은민
어제, 오산한국병원에서 나오다가 담은 꽃사진입니다.

살아가기 1,2, 3, 4

1.
성속일여
화이부동

성스러운 것과
세속이 하나가 되어
더불어 화목하지만
물들지 않는 모습

2.
만물동근
천변만화

만물의 뿌리는 하나지만
천 가지로 변하고
만 가지로 변화하는 모습

3.
적재적소
능수능란

때와 장소에 따라
상황과 분위기에 맞게
능숙하고도 노련하게
처신하는 모습

4.
수처작주
입처개진

어디에 있든지
참된 주인의식으로 살면
그곳이 바로 진리의 곳

- 2016년 7월 9일 저녁
퇴근 직전의 자투리 시간에, 은민

살아가기 춘하추동
살아가기 동서남북
살아가기 사통팔달
살아가기 인의예지...

노란 민들레꽃에 앉은
나비처럼 날아서 벌처럼 쏘는
알리 꿀벌,
연분홍 송엽국카스텐에 앉은
김홍국 호랑나비,
진분홍 끈끈이대나물꽃에 앉은
강남 카바레 전설 제비 나비입니다^^

오늘이 최선의 날이다

어제는
중풍 맞은 오른 발이 아파서
수강 중에 꽤 힘들었으나

오늘은
마음가짐을 미리 준비했으니
하루 종일 즐기며 몰입하리라

내일을
미리 앞서 알 수 없으나
오늘이 내일을 잉태하리라

현재 생활의 모습이
오늘 지금 삶의 연장선상에
내일의 닮은 모습이 열린다
누구나 하루를 산다
오직 오늘 하루 밖에 없다
오늘이 최선의 날이다

- 2016년 7월 12일
1~2교시 경비교육 과목인
장비사용법 강의를 기다리며, 은민

장비사용법 김현성 강사님과 함께.
오늘 주차장의 비온뒤 패랭이꽃과 영산홍.

새벽에

새벽 4시 55분
날이 샐 때 출발해서

새벽 5시 55분
경비교육장소에 도착했다

주차장 공원의 가로등은
아직도 하얗게 켜져있고

푸르른 은행잎 사이로
황금빛 태양이 떠오른다

빛과 어둠이 음양의 세계로
임무교대를 하니까

온 세상이 밝아지고
세상 만물들이 나타난다

신비롭고 조화로운 세상
아름다고 고마운 이 세상

감사하는 마음으로
설레고 신명나게 살리라

- 2016년 7월 12일 새벽

경비교육 3일차 마지막날,
수원시 영화동 느림보타운
장안문 거북시장 상인회
공영주차장에서, 은민^^

까마중 흰꽃과 파란 열매,
소망초(개망초)와 똥파리,
은행잎 사이로 떠오르는
태양 모습과 가로등 사진.

생활시인의 자연시

빈 제비집을 보며

우리집 처마에
제비집이 있다

벌써, 몇 년 째
새끼를 쳐서 간다

제비집을 보면
흥부 생각이 나고

놀부 같은 장자가
반성하기를 빌고

에서 같은 장손이
회개하기를 기도하고

골리앗 같은 큰 놈이
거듭나기를 기원한다

91세 노모를
법정에 세운 4남매

큰아들, 큰딸, 둘째딸
그리고 막내딸 유가네

그들이 반성을 하고

착하게 천국 가길 빈다

이제, 다 큰 새끼 제비들이
어디론가 다 날아갔다

모두 다 흥부네 집으로
찾아 가기를 기원한다

빈 제비집을 보니
감회가 남다르다

- 2013년 7월 15일, 은민
지난 6월 28일
제비들이 살고 있을 때
우리 집 처마의 제비집.
4남매가 빼앗아 간 집.
언젠가 떠나야 할 집.
용인시 남사면 봉무로 1.

산다는 것은

산다는 것은
소나 개 돼지처럼
숨쉬고 먹고 싸고 낳고
움직이는 것만이 아니다.

산다는 것은
변화 발전하고
성장하고 성숙하고
새로와지는 것이다.

산다는 것은
뚜렷한 뜻을 품고
끈끈한 정을 가지고
씩씩한 의지로 사는 것이다.

산다는 것은
싱그럽게 싹을 내고
향기롭게 꽃을 피우고
아름답게 열매 맺는 것이다.

산다는 것은
무슨 모양 색깔이 즐겁고
어떤 소리가 기쁘고 반가운지
삶의 신비를 체험하는 것이다.

산다는 것은
무슨 일을 할 때 신명나고
어떤 사람을 만날 때 설레는지
삶의 은총을 경험하는 것이다.

산다는 것은
나는 과연 누구이고
뭘 하러 이 세상에 왔는지 알고
사명과 본분을 이뤄가는 것이다.

- 2016년 7월 16일
여름비 내리는 시원한 새벽에
물음 스승께 배운 배움으로 은민.
지난 7월 13일 경비교육 때
수원시 영화동 느림보타운의
공영주차장에서 찍은 괭이밥 풀.
노란 꽃망울이 피기 시작했습니다.
나머지는 인터넷에서 길어온
활짝 핀 괭이밥 꽃사진입니다.

꿈도 현실이 중요하다

"오랫동안
꿈을 그리는 사람은
마침내
그 꿈을 닮아간다"는
오늘 그림 글을 보았다

래퍼 가수 비와이는
이지성 작가의
'꿈꾸는 다락방'에서
"생생하게 꿈꾸면
이뤄진다"는 글을 보고
감명을 받았다고 한다

하지만,
제대로 꿈꾸기 위해서는
냉철한 현실 파악능력은
기본기로 익혀야만 한다

상상, 공상, 망상이나
몽환적인 허구 위에서
공허한 꿈을 꾸다가는
사막의 신기루에 홀려
목말라 죽게 될 것이다

꿈이 클 수록

현실검증을 잘 하고
실제적인 꿈의 준비를
철저하게 해야만 한다

꿈을 꿀 수록
현실에 충실하고
현실파악을 잘하고
현실적인 준비를 하자
꿈도 현실이 중요하다

- 2016년 7월 24일
밤 0시 8분에, 은민

아프고 힘들어도 행복할 수 있다

오늘따라
중풍 걸린 오른발 무릎이
많이 아프다

어제, 친구 아들이 와서
함께 도와주느라고 무리를 해서
통증이 심해졌나 보다

안 아프기만을 바라지는 않는다
아파도, 이렇게 일할 수만 있어도
고맙고 감사한 마음이다

내가 중풍 같은 이야기를 하면
너무 심각해지지 말고,
그냥 밝게 웃었으면 좋겠다

어찌, 아프지 않고 살 수 있을까
나는 아프고 힘든 것까지 감안해서
행복하고 좋다고 하는 것이다

그래서, 나는 안 아프길 바라지 않고
아프고 힘들어도 행복하길 바라고
마음이 밝고 긍정적이기를 바란다

아프다고 불행해야 하는 건 아니다

힘들다고 불평해야 하는 건 아니다
아프고 힘들어도 행복할 수 있다

두 발은 비록 가시밭에 딛고 있을지라도
마음의 꽃밭에는 온갖 꽃들이 만발하여
아름답고 향기롭게 하리라(살리라)

- 2016년 7월 26일 오후
뉴파워프라즈마 경비근무 중에, 은민

마음의 꽃밭 글은 널리 전해오는 이야기임.
사진 작가님들께 감사와 축복을 보냅니다!!^^

현자는 사랑한다

약자는 원망하고
범자는 인내하고
강자는 결정하고
현자는 접어둔다

약자는 원한품고
범자는 복수하고
강자는 용서하고
현자는 미소띈다

약자는 포기하고
범자는 망서리고
강자는 다스리고
현자는 사랑한다

- 2016년 7월 27일
05시 50분 순찰 때
물컵 투척 할머니가
또 시비거는 걸 보고.

회사 일은 안하고서
음악 듣고 다닌다고
시끄럽다고 하시길래
"저 순찰돕니다." 했음.
4층 빌딩에 2인만 있음.

아인쉬타인의 명언:
약자는 복수하고
강자는 용서하고
현자는 무시한다. 好.

새벽의 권위

새벽은
권위가 있다

새벽에 일하면
권위가 있다

부모님의 권위도
새벽에 있다

새벽은 신성하고
힘이 있기 때문이다

새벽에 일하면
더 즐겁다

새벽에 사역하면
카리스마가 생긴다

새벽에 노동하면
포스가 있다

새벽에 일하면
권위가 있다

\- 2016년 7월 28일
새벽 5시 20분 경
2시간 앞서 출근해서, 은민

생활시인의 자연시

음악을 활용하는 경비근무

개인회사 일반 경비원은
경찰같은 체포권이 없다

경비원은 범죄예방 의무만 있고
일반인보다 과실책임만 더 크다

경비엔 범죄예방이 최선이라서
예방대책을 늘 연구해야 한다

범죄예방 대책의 일환으로
순찰을 돌 때, 음악을 틀고 다닌다

음악을 들으면서 순찰하면
범인도 쫓아내고, 기분도 좋다

그런데, 아침 6시가 넘으면
출근한 미화원이 시끄럽다고 해서

혼자 있는 새벽 5시에 순찰을 돌면서
큰 소리로 노래도 부르고 즐긴다

샤우트 창법으로 소리를 내지르면
쌓인 스트레스도 팍팍 풀린다

나의 지정곡 '순찰가'가 있다

강산에의 '연어'라는 노래다

"흐르는 강물을
거꾸로 거슬러 오르는 연어들의
도무지 알 수 없는
그들만의 신비한 이유처럼

그 언제서 부터인가
걸어 걸어 오는 이 길
앞으로 얼마나 더 많이 가야만 하는지

딱딱해지는 발바닥
걸어 걸어 걸어 가다보면
저넓은 꽃밭에 누워서 나 쉴수 있겠지

망막한 어둠으로
별빛조차 없는 길일지라도
포기할순 없는 거야

걸어 걸어 걸어 가다보면
뜨겁게 날 위해 부서진 햇살을 보겠지

그 후로 나에게
너무나도 많은 축복이라는 걸 알아
수없이 많은 걸어 가야 할
내 앞길이 있지 않나

그래 다시 가다 보면
걸어 걸어 걸어 가다보면

어느날 그 모든 일들을 감사해 하겠지..."

강산에의 노래를 들으며 부르며
걷고 걷고 걸어서 순찰을 돌면
시간 가는 줄을 모른다

밤새도록 현관 옆에 음악을 틀으니까
홀로 있어도 심심하지 않아서 좋고
인기척 음악 경비 효과도 좋다

직원들 출퇴근 시간과 식사시간에
유익한 음악을 틀어 주기 위해서
월 10만원 정도를 투자한다

좋은 음악을 들려주기 위해서
내가 먼저 많이 들어보고 선택한 곡을
음악 노트에 기록해서 활용하고 있다

주간 경비 작은 음악 까페와
야간 인기척 음악 경비를 위해서
선곡에 꼼꼼한 정성을 쏟고
볼륨이 지나치게 크지 않도록
신경을 쓴다

음악을 활용하는 경비근무
참 즐겁고 보람있다

- 2016년 7월 29일 아침 은민

사진 속의 곡명들은
요즘에 틀어줬던 레파토리임.

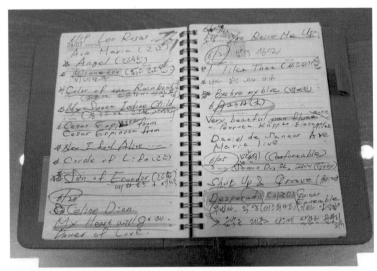

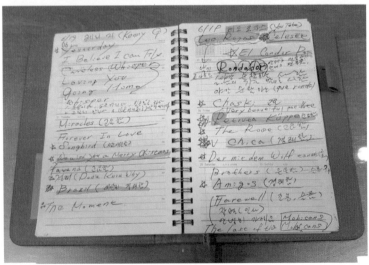

생활시인의 자연시

인간 시간 공간을 만나다

인간은
생각으로 과거를 만나고
느낌으로 미래를 만나고
마음으로 현재를 만난다

시간은
크로노스 상대로 만나고
카이로스 절대로 만나고
코스모스 존재로 만난다

공간은
삼차원의 지구로 만나고
사차원의 천체로 만나고
오차원의 우주로 만난다

- 2016년 8월 2일 오후
경비근무 중에, 은민이

코스모스 속의 노란 꽃수술이
별의 모양처럼 생겼기 때문에
별들이 떠있는 우주를 의미함

어젯밤 귀뚜라미 노래 소리에
낭만 가을이 떠올라 좋았어요
코스모스 꽃이 가을의 대표죠

때에 맞게 살자

때가 있다
경전의 말씀이다

때와 철을 아는 사람이
철인이요 철학자다

철부지는
때와 철을 모른다

때 철에, 아닐 부에
알 지 자의 철부지다

철부지도 때가 되면
철이 나서 철인이 돼야 한다

때와 철을 깨달아 알고
때에 맞게 살자

코스모스 꽃을 보면
가을이 오는 줄 알듯이

때와 철을 잘 분별해서
때에 맞게 살자

- 2016년 8월 3일
나흘간 96시간의

연속경비근무를 마치며
새벽사랑 은민

John 7:6 to 7:8.

코스모스꽃에 앉은
작고 예쁜 잠자리와
귀여운 박각시나방입니다.

다리가 아플 때

점심 때부터
다리가 아프고

오후에는
조금 외롭다

이정도 아픔은
누구라도 있다

편하기만 하면
느즈러진다

아픔이 괴롭지만
경각심이 생기고

감사하는 마음과
분발심이 일어난다

아파서 힘들지만
내 마음이 깊어진다

모든 것을
선용할 수 있다

아픔도

선용할 수 있다

- 2016년 8월 6일
경비근무 중에, 은민

힘이 들 땐
가끔 하늘을 본다.
혼자서도 용감한 사마귀.

긍정 365 0810

긍정은 미소다
긍정은 맑은 웃음이다
긍정은 밝은 파안대소다

올림픽 금메달보다는
금메달을 따고 웃는 선수의
환한 미소가 진짜 금메달이다

긍정은 밝은 웃음이다
긍정은 맑은 미소다
긍정은 미소다

- 2016년 8월 10일 새벽사랑 은민

리우올림픽 양궁 금메달리스트인
한국 태극 낭자, 청년들이 밝게 웃는
꽃보다 아름답게 감동스러운 사진과
위대한 김연아 선수의 금메달 수상 사진.

하루를 또 살며

고단할 때 자고
시장할 때 먹고
사랑할 때 하고
음미할 때 하고
나누며 잘 살려
하루를 또 산다
고맙고 또 감사

- 2016년 8월 15일
광복절 이른 새벽에
경비순찰을 돌고서, 은민

새벽 남쪽 보름달

새벽 두 시 반
남쪽 하늘의 뜬 남 달

수줍어서 숨듯이
구름 속으로 숨는다

오늘따라 괜시리
보름달이 그리웁구나

- 2016년 8월 18일
새벽 두 시 반 경, 은민

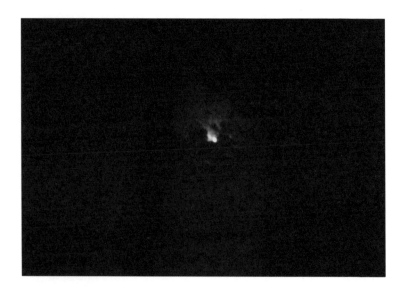

긍정 365 0818

"이 또한 지나가리라"가
긍정이다

부정은 이것 만큼은 영원했으면
이것은 빨리 지나갔으면 하면서
사실을 부정하지만

긍정은 늘 같은 속도와 속력으로
모든 게 지나간다는 사실을 알고
인정하고 받아들이는 것이다

고통은 길게 느껴지고
좋은 시절 영원하길 바라지만
"이 또한 지나가리라"

이 또한 지나가리라가
긍정이다

- 2016년 8월 18일 새벽에
1시간 반 일찍 출근해서, 은민

이 또한 지나가리라:
유대 경전 미드라쉬에 나오는
'다윗의 반지'에 적힌 글이라 함.

주고 싶은 마음, 함께 하고 싶은 마음

좋아하는 사람에게
뭔가 좋은 걸 줄 수 없을 때
주지 못하는 마음은 속상하다

사랑하는 사람에게
뭔가 좋은 걸 줄 수 없을 때
주지 못하는 심정은 비참하다

더 줄 게 없을 때
나를 떠나가는 걸 감수지만
함께 해주면 더 미안하게 고맙다

좋아하고 사랑하는 건
주고 주고 더 주고 싶지만
함께 하고 싶은 마음은 더 크다

- 2016년 8월 29일 정오 점심
초가을 하늘 눈부시게 새파랗고
가을바람 상쾌한 날, 경비근무 중, 은민.

용기를 내보세요

수줍어서 윙크는 못해도
슬그머니 손은 잡을 수 있어요
손엔 눈이 없으니까요

- 2016. 9. 16 추석연휴
경비근무 중에, 은민

날 위해 울어 준 사람

나를 위해서
울어 준 사람 준

나를 위해서
웃어 준 사람 준

나는 준 게 없는데
받기만 하니 짠하다

- 2016년 9월 16일
추석연휴 경비근무 중, 은민

만남은 존재의 기쁨 다음이다

추석 명절에
자식들을 만나서
나만 즐겁기 보다는,

우리의 자녀들이
자신의 세계에 몰입하고
관계를 확대시켜 가면서,
즐기며 성장하고 성숙하는 것을
보고 듣는 재미가 더 쏠쏠하다.

명절에 손주들이 오면 좋고
안 오면 더 좋다는 식으로,
아들이 오면 만나 봐서 좋고
안 오면 안 와서 더 좋다는 마음이다.

사랑하는 사람이나
소중한 사람도 마찬가지다.
사랑하는 사람을 만나면 좋고
못 만나면 더 좋은 것이다.

어차피, 죽으면 이별인데,
살아있을 때, 좋게 흩어져 있는 것도
욕심을 넘은 존재로서 다행이다.

사랑은 소유, 독점하는 게 아니다.

사랑은 있는 존재를 기뻐하는 것이다.

만남도 독점해서는 안되고
남용해서도 안된다.

사랑은 존재를 기뻐하는 것이다.
만남은 존재의 기쁨 다음이다.

- 2016년 9월 16일 밤
추석연휴 경비근무를 서면서,
이번 추석 때, 얼굴을 못 본 아들이
'다른 곳부터 인사드리고 평일에 보자'는
아비의 '말'대로 해준 것을 감사하며, 은민.

있음으로 행복하자

가을바람이 선선하니 좋다

가을이 겨울의 앞자락인 것처럼
시원함은 쌀쌀함을 앞서 온다

시원한 가을바람이 불어올 때
쓸쓸함을 투사하지 말자

내 마음 둘 곳 없어 외롭더라도
죄 없는 가을바람은 냅두자

가을바람도 비틀즈처럼
렛잇비 렛잇비 냅둬유 노래를 한다

내 마음이 슬프거나 힘든 것을
밖에 투사해서 분위기 내리지 말자

있는 그대로 보고 듣고 느끼자
있음으로 행복하자

- 2016년 9월 26일
경비근무 중에, 어느 글을 읽고, 은민

어제, 용인 남사 진위천에 핀
고마리꽃에 앉은

배추노랑나비입니다.
두번째 사진은 유리창떠들썩 팔랑나비.

자연처럼 살아가자

하늘처럼 푸르르고
우주처럼 넉넉하게

해님처럼 따뜻하고
달님처럼 다정하게

별님처럼 총명하고
허공처럼 여유롭게

바람처럼 자유롭고
구름처럼 포근하게

천둥처럼 씩씩하고
번개처럼 날렵하게

눈비처럼 촉촉하고
우박처럼 따끔하게

큰산처럼 든든하고
옥수처럼 싱그럽게

강물처럼 활기차고
바다처럼 겸손하게

주인처럼 책임지고

머슴처럼 성실하게

남자처럼 용기있고
여자처럼 자애롭게

모성처럼 위대하고
여성처럼 아름답게

어른처럼 지혜롭고
아이처럼 순수하게

- 2016년 9월 26일
경비근무를 서면서
그림글을 음미하며
1년 12달 24절기

가을의 하늘그림은 김창수 작가님께서
그리신 작품입니다.

생각하며 살자

생각하는대로 살림하지 않으면
되는대로 살림한다
불란서 주부 집 살림하리

생각하는대로 빨래하지 않으면
되는대로 빨래한다
파리 부인 손 빨래하리

생각하는대로 발레하지 않으면
되는대로 발레한다
프랑스 무용가 폴 발레하리

"생각하는대로 살지 않으면
사는대로 생각한다."
프랑스 시인 폴 발레리의 명언

생각없이 살면 생각없는 사람이고
개념없이 살면 개념없는 사람이고
무엇없이 살면 멋없는 사람이 된다

생각없이 살면 사는대로 생각한다
의미있는 삶을 살기 위해서
생각하며 살자

- 2016년 10월 29일 새벽에

폐암 4기이신 직장 동료의 아내와
아침식사를 천천히 하고 출근하도록
경비근무 출근시간을 늦춰도 된다고
직장 동료에게 카톡 문자를 보내고, 은민

무엇의 준말이 멋이다.
무엇이 있는 사람 = 멋이 있는 사람 =
멋있는 사람!! 무엇이 준말이 멋이다.

반가사유상과
로뎅의 생각하는 사람 조각상.
회사 블럭 담장의 며느리밑씻개풀.
지난 10월 22일 살아있던 모습과
28일 죽어서 말라 비틀어진 모습의 사진.

죽을 때까지

새벽 6시 남짓
회사 순시를 마치고
나의 하마에 올라타서
차문을 닫았다

차 문 틈새로
노란 전등불이
여전히 빛나고 있었다

그렇구나
문을 확실히 닫지 않으면
불빛이 남아 있는구나

그렇구나
"죽어도 여한이 없다."는 말은
욕심이나 화낼 세포까지 죽어서
고요하다는 것이로구나

나도 그래야지
그러도록 연습하고 노력해야지
죽을 때까지

- 2016년 11월 13일 새벽에
회사에 출근해서 순시를 하고
나의 하마(준마)에 올라타서, 은민.

자동차 실내 불빛 사진 밑에는
어제, 회사 순시할 때 담아 본
늦둥이 민들레꽃 등의 꽃등에(2)와
회양목 사이 돌틈에서 가을볕을 쐬는
요즘 보기 드문 도마뱀 사진입니다.

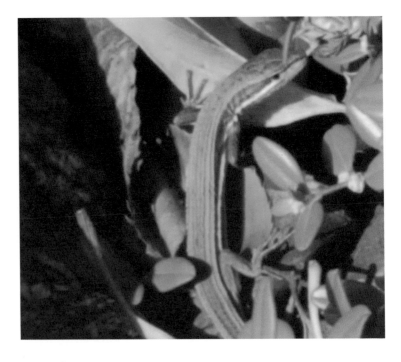

생활시인의 자연시

돌 위의 꽃그림을 보다가

누군가 이쁜 돌에다가
예쁜 꽃을 그리다가
고운 님을 그리다가 그리다가
잠이 들었는가!

누구가 살며시 다가가
자세히 보다가 꽃이름을 알았느가
궁금하신가?

국화인가
구절초인가
쑥부쟁인가
벌개미취인가
궁금하신가?

- 2017. 1. 15 새벽에
(주)뉴파워프라즈마에서, 은민이.

주말연휴 입춘새벽에

60평생의 첫취직
직장생활 1년의 첫주말연휴

6시가 되도록 누워있자니
비몽사몽간에 꿈을 꾸고

꽃피는 봄이 그리운지
흩날리는 꽃잎들이 떠오른다

진달래 연달래 꽃잎새와
철쭉꽃 잎새들이 어른거린다

아지랑이 아른아른
봄처녀나비 너울너울

무지개를 띄우려고
봄비도 보슬보슬 내려 주고

빨간 꽃대에 흐르는
우윳빛깔 진액의 사랑들이

강물처럼 흘러흘러
어느새 반백이 되었구나

상념에 젖어들다 말고

전기밥솥의 스윗치를 눌렀다

툭툭 털고 일어나서
또 하루의 삶을 시작하련다

아직은 겨울이지만
절기로는 입춘이고

아직은 춥다지만
내 마음은 봄날이다

벌떡 일어서는 청춘으로
또 하루의 삶을 즐겨보자

- 2017년 2월 4일(토) 새벽
주말연휴를 누리며, 은민.

연달래 2장, 진달래, 철쭉꽃.
색상이 조금씩 다르지요?
작가님들께 감사드립니다!!

맛있고 멋있게 살자

몸과 맘
맛과 멋

모음 ㅏ, ㅗ, ㅓ의
방향만 틀면 되는 같은 것이다

몸은 맛있게 살고
맘은 멋있게 사는 게
글자끼리도 음양의 궁합이
잘 맞는 것이다

사람으로 땅에 온 것은
맘이 몸의 옷을 입고 온 것이니
맘은 멋있게 살고
몸은 맛있게 살면 된다

몸과 맘
맛과 멋

몸은 맛있게
맘은 멋있게

인생 뭐 있어?
맛있고 멋있게 살면 되지!!

- 2017년 3월 27일 퇴근시간 무렵
초딩 6년 내내 부반장이셨던 인재
구옥희 친구(김민규 엄마)랑
통화 때 나눈 이야기를 글로 써 봄.
봄이 봄입니다. 해 봄, 잘 봄, 늘봄.^^

보라색 제비꽃, 노오란 민들레,
연보라 환상적인 진달래 꽃들이
초등학교 6년 같은 반 친구
구옥희 친구를 예쁘게 닮았네요.

바람꽃

바람꽃은
바람을 잘 피워서가 아니고
바람 쐬길 좋아해서 붙여진 이름

바람 잘 부는 바람모지에서
상쾌하고 시원한 바람을 쐬며
싱싱한 꽃을 피우는 바람꽃

새파란 진초록 잎에
새하얀 꽃잎이 어여뻐
나그네 발걸음도 멈추어 선다네

바람꽃의 꽃말이
바람처럼 '덧없는 사랑'
'당신만이 볼 수 있어요'라니

무상한 사랑이라서
무상한 부평초 인생인가
바람에 지는 바람꽃이 무상타

변산바람꽃, 꿩의바람꽃
아네모네의 원조꽃이라니
바람쐬며 낳은 후손도 많구나

시원한 바람 쐬길 좋아하는

역동적인 변산 바람꽃처럼
나도 자주 바람 쐬며 살리라

- 2017년 3월 30일 아침에
심석화 친구가 동창 밴드에 올린
송정섭 꽃박사님의 바람꽃 사진을 보며.

자연과 사람과 일에 취해 보자

화창한 햇살을 보라
얼마나 밝고 아름다운가

술 취하지 않은
맑은 정신으로 햇볕을 보니
얼마나 기분이 좋은지 모르겠다

술 마시고 싶은
유혹을 느낄 때마다
화사한 햇빛을 보고, 꽃을 보자

상쾌한 바람을 쐬며
코가 시원하도록 들이마시고
아름다운 자연을 느껴보고

신비로운 세계를
섬세하게 꼼꼼히 음미하며
자연의 쾌락과 하나 되어 보자

잘 보고, 잘 듣고 느끼고
자연의 현상과 존재와 함께 하면
술 취한 것보다 더 황홀할 것이다

아름다운 자연에 취하고
신비로운 사람에게 취해 보고

일하는 재미에 취해 보자

술 취하지 말고
밝고 맑은 정신으로 살자
자연과 사람과 일에 취해 보자

- 2017년 4월 1일 아침에
용인 남사 동서한의원에
침을 맞으러 오면서, 은민

꽃이름알기 밴드의 강릉닭 님이
이쁘게 담아주신 진달래 사진과
인향문단, 스마트폰 글쓰기 동호회
유영철 회장님이 만들어서 보내주신
하회탈 사진 감사히 잘 씁니다.^^

동서가 하나 되길 기원하며

봄날, 연두색 삼천리를 달리며
아름다운 금수강산에 감탄을 한다

전주 행 고속도로 출장 길이
출장이 아닌 출가 길 같다

도화유수묘연거
복사꽃 흐르는 물에 아득히 떠가니

별유천지비인간이라
세속이 아닌 별천지 낙원이로다

이태백 시인의
산중문답 싯귀도 떠오른다

세속을 떠나 순수의 세계로
스며들어 가는 황홀감이다

너무나도 아름다운 우리 강산
동서가 화합해서 하나 되고

우리 남북이 하나 되어
부강한 나라로 우뚝 섰으면 좋겠다

홍익인간
널리 사람을 이롭게 하고

이화세계
이치로 다스리니 화목하구나

널리 사람을 이롭게 하는
단군의 국시를 구현했으면 좋겠다

- 2017년 4월 25일
그림자 없는 정오 경
전주 뉴파워프라즈마 출장 길에
정정화 계장님과 나눈 이야기를
서정시에 담아서 드림 Dream.
꿈은 이루어 집니다.

온 나라가 하나 되자

정말 아름다운
금수강산이다

어쩌다, 금수강산이
금수 강산이 되었는가

비단결 금수강산이
짐승같은 금수 강토가 되었구나

연두에서 초록으로
연록에서 진초록으로 고운데

온 산야가 푸르름으로 춤추고
강물이 노래하며 흐르는데

무궁화 금수강산이
아비규환이 되었구나

어즈버 태평년월이
꿈이런가 하노라

그래도 다잡고
다시 세워야 한다

삼천리 아름다운 금수강산을

국민의 맘 속에도 세워야 한다

정말 아름다운
금수강산이다

금수 강토여
금수강산이 되자

강들이 동서로 흐르게 하고
땅들이 남북으로 뻗게 하자

온 국민이 하나 되자
온 나라가 하나 되자

- 2017년 4월 25일 오후에
정정화 계장님과 함께
전주 뉴파워프라즈에서
오산 NPP로 귀사하면서.

NPP: 뉴 파워 프라즈마.